攀登科学高峰，就像登山队员攀登珠穆朗玛峰一样，要克服无数艰难险阻，懦夫和懒汉是不可能享受到胜利的喜悦和幸福的。

——陈景润

为数学而生：陈景润

海峡出版发行集团 THE STRAITS PUBLISHING & DISTRIBUTING GROUP | 福建教育出版社

陈钿官 曾国宁 主编

图书在版编目（CIP）数据

为数学而生：陈景润/陈钿官，曾国宁主编. —福州：福建教育出版社，2022.1
ISBN 978-7-5334-9208-3

Ⅰ. ①为… Ⅱ. ①陈… ②曾… Ⅲ. ①纪实小说—中国—当代 Ⅳ. ①I247.5

中国版本图书馆 CIP 数据核字（2021）第 214284 号

Wei Shuxue Ersheng：ChenJingRun

为数学而生：陈景润

陈钿官 曾国宁 主编

出版发行 福建教育出版社
（福州市梦山路 27 号 邮编：350025 网址：www.fep.com.cn
编辑部电话：0591-83779615 83727542
发行部电话：0591-83721876 87115073 010-62024258）
出 版 人 江金辉
印　　刷 福州万达印刷有限公司
（福州市闽侯县荆溪镇徐家村 166-1 号厂房第三层 邮编：350101）
开　　本 710 毫米×1000 毫米 1/16
印　　张 10.75
字　　数 158 千字
插　　页 2
版　　次 2022 年 1 月第 1 版 2022 年 1 月第 1 次印刷
书　　号 ISBN 978-7-5334-9208-3
定　　价 54.00 元

目　录

第一章

生于福州胪雷

有福之乡

福州，别名“榕城”，是福建省的省会城市。这里不仅绿树成荫，亦有闽江宽阔流长。岁月荏苒，闽江水曾流过的地方，有的已经因为河沙淤积，衍生成洲，如老药洲、鳌峰洲等，而在闽江要入海的地方，则形成了一个江心岛，福州人称之为“南台岛”。在岛的东南端，就是被誉为“福州人才村”的胪雷村，这里正是我国著名数学家陈景润的出生地。

胪雷，就在距离福州市中心东南方向 13 公里的地方，原属郊区城门镇，当地种植柑橘和茉莉等农作物。村内山林青葱翠绿，河道纵横交错，房屋错落有致，曾有人将此地的自然风光概括为“胪峰八景”。据《福州百科全书》记载，胪雷“因村在胪峰内，简称胪内，方言谐音为今名”。胪雷为家族群居式村落，几乎全村都姓陈。

而关于陈氏先祖的由来，还有一个古老的传说。

相传，陈氏始祖为五代时期闽国尚书左仆射陈令图的十二世孙陈国初，陈国初最开始生活于福州金鸡山下河沿，靠养鸭为生。到了宋末时期，元兵南下，因避战乱，陈氏迁徙至胪峰山内。为在乱世中求生，陈氏又重拾养鸭的行当，此地便因此有“鸭母陈”一说。据说这陈氏为人很好，心地善良。一天傍晚，陈氏照例赶鸭回家，却见有路人一身素衣，在他家门附近徘徊，一副风尘仆仆的样子，疲态尽显。陈氏邀请路人进门喝水休息，并热情地招待了他。酒足饭饱后，路人再次启程出发。为表达对陈氏的感谢，路人言明了自己得道高僧的身份，并指向胪峰山，对陈氏预言：“此地必出非凡人才！”随后，路人便飘然而去，不见踪影。

时移岁迁，陈氏是否真的遇见过得道高僧并得了预言，已难以求证，而胪雷背靠胪峰山，面对乌龙江*，远离战乱纷争，自给自足，确实使村落日渐繁衍壮大，并孕育了众多人才。起先，村落聚居在胪峰山麓，随着人口的增加，村落沿着山麓东、西呈带状延伸。历经九世繁衍生息，陈氏家族渐渐成为显赫一族。在迄今600多年的历史中，胪雷人杰地灵，英贤辈出。我国当代著名数学家陈景润、民国时期海军上将陈绍宽、台湾地区前教育行政主管陈可忠便是其中三颗璀璨明珠。

如今，人们再到胪雷，已难以见到以前的小小村落和简陋的平房民居。胪雷村存留至今的旧式建筑，仅剩陈氏祠堂和陈绍宽纪念馆。

陈绍宽纪念馆，距离现在的福州火车南站只有一路之隔。纪念馆由正厅、厢房、院落三部分组成。正厅内悬挂有六块牌匾，有黑底金字的“海上将军”牌匾，彰显着纪念馆主人的英雄身份与历史气概。东、西厢房和东侧披榭内，陈列展示的是陈绍宽的生平事迹，厢房门窗上还装饰着带有“周公六行，管子四维”“家传孝友，世守共和”字样的精致花格。往院子里走，能见到西花园中的八角亭、月亮荷花池等景观。听说其中的水池原先是与闽江的水系相通，通过观察花园内水池的变化，能感受到闽江的潮涨潮落。作为民国知名的海军上将，陈绍宽极其重视乡里的代际传承和宗族文化建设，是胪雷人民崇敬与爱戴的前辈。陈绍宽也是陈景润生命中的贵人，在陈景润的求学路上起到了重要的作用。

陈景润的故居原有两处：一处较大，是祖宅，已被拆迁，如今无迹可寻；一处较小，是在街头店面的一间瓦房。村里人都知道，瓦房就是陈景润出生的地方，也是胪雷村仅存的陈景润故居。如今，这里门户封闭，已无人居住。闭锁的门户上挂着一把锈迹斑斑的锁头，木门上的纹路都已斑驳。整间屋子毫不起眼，只有门板正中留着“陈景润”三个字样，还提醒

---

* 乌龙江：位于福建省福州市区，闽江干流流至福州古怀安县城（现淮安村）后分为南北两支，南支即是乌龙江。乌龙江由西北向东。

着人们——这里，曾经诞生了一位伟大的数学家。陈景润逝世后，他的夫人由昆也曾回过这里。为了纪念陈景润，其母校福州市三一小学的校友们一起捐资，在天马山上建造了一座纪念馆。后因福厦铁路建设的需要，纪念馆被拆除殆尽，其中的文物改存于陈氏祠堂。

时过境迁，当年的许多痕迹已经难以寻觅。而想要进一步了解数学家陈景润和他的故乡胪雷，“陈氏宗祠”就成了不可不去的一处地方。陈景润晚年回到胪雷村省亲，最先去的也是该祠堂。祠堂檐梁上写着“景润永不忘家乡情”的牌匾，是由陈景润当年所留手书拓印而成，饱含着他对家乡深切的感恩与怀念。

“陈氏宗祠”建在胪峰山下，是南台岛如今最大的祠堂。祠堂原先并不大，自 1947 年陈绍宽带领族人修缮扩充了祠堂后，修缮祠堂便为族人所沿袭，宗祠也渐渐有了现在的规模。据胪雷村族谱记载，陈氏祠堂的设计采用的是“三进三天井八扇七全扛梁砖木”的传统结构。宗祠整体占地约 2500 多平方米，分为前殿、中殿和后殿三部分。宗祠殿前飞檐翘角，雕梁画栋，有一对石狮分立左右，镇守门前，满是庄严肃穆之感。祠堂正前方悬挂有“胪峰陈氏祠堂”牌匾，为日本明治大学博士陈昌瑞先生所题写，其双侧石鼓镌刻着不同图案，人物花纹活灵活现。

宗祠大厅内，神主龛前安置有一张大型供桌，两侧放有灯笼，数面高悬的牌匾更是引人注目，无声地展示着陈氏族人的不凡功绩。居于正中的第一块牌匾便是“陈氏定理”。红底金字的牌匾正中高悬，代表着我国著名数学家陈景润在哥德巴赫猜想上取得的光辉成就。这也意味着，闻名遐迩的数学家陈景润，在陈氏族人的心中，代表着整个家族的光耀与骄傲。胪雷村祠堂内的侧墙上，有祖训撰于其上，其中一条便是：“人生各有本业，读书为上，力耕次之，工商又次之。”走过大厅，便到了贻耕堂。堂内的显著位置，正面摆放着陈氏家族名人先贤的牌位，两侧悬挂陈氏家族杰出的代表，他们都代表着陈氏家族的荣光与辉煌。

陈家村的人说，陈家人再穷也不能亏待自己的祖宗。祠堂的存在，的确有着很深的意味。中国数千年受儒家思想影响，家族观念相当浓厚。一方水土养一方人，一方村落往往生活着一个家族或几个家族，代代繁衍。祠堂承载着中国传统的家族文化，是代际进行连接的重要纽带。如今，宗祠文化在北方地区已较为鲜见，但在南方地区，这种精神仍然存留。胪雷的陈氏宗祠，更是有着强大的凝聚力与号召力。

祠堂有着多种用途，其首要功能便是祭祀祖先。此外，祠堂也可作为村落举办婚、丧、寿、喜等集体活动的场所。陈景润故乡的陈氏宗祠便常常举行千叟宴、祭祖等活动。此外，祠堂的戏台演出也是胪雷村民生活的重要见证。“陈氏定理”匾额正前方对着的便是祠堂的大戏台，常年用于福州各地闽剧演员的演出。听乡里人说，最辉煌的时候，几乎每月都有戏班带钹扛鼓，到祠堂戏台上演出。你方唱罢我方登场，数小时内便上演王朝更迭、英雄兴衰等故事，牵动一众台下观客的心。这些由丝竹声、锣鼓声和演员唱腔凝聚成的戏台风光，是胪雷村乡民不可忘却的共同记忆。

如今，胪雷村已不再是矮小民房堆挤、巷道交错的景象。在城镇化的进程中，人们肉眼可见的是拔地而起的电线杆、平坦宽阔的大道，以及鳞次栉比的现代建筑。胪雷村人对于旧时候的村内建制、河道田埂、山川河流的记忆也渐渐淡了。然而，这个村庄仍然留下很多珍贵影像资料，其中大部分都来源于一位叫陈春强的村民。十余年来，他带着相机走街串巷，拍下了近万张照片来记录胪雷村的过往，大到山川变迁、祠堂盛宴，小到村民生活、日常劳作。一张张影像，承载着胪雷村一点点的变化与更替。

“天马山倒胪峰没，残垣断桥孤木凄，万物际会皆因缘，缘起缘灭，人聚人散，此一迁地覆天翻，概不复前。”

这是当地一位村民在陈春强拍摄的胪雷村照片上的留言。一代又一代的人们在这里繁衍生息，继续生活。时代瞬息万变，他们或者多了些什么，或者少了些什么，谁也说不清楚。好在还有留存的宗祠，高悬的牌匾，例行的拜祭，镌刻的祖训，依旧以古老而特殊的形式，激励着一代代族人重视教育、讲求孝道、心存敬畏。

这就是胪雷，一个有福之乡。村前的乌龙江，河水汤汤，村后的胪峰，青山茫茫，这是古人曾以“螺穴”“天马”之名盛赞的风水宝地。她历史悠久，气候宜人，她的怀抱中孕育着历代英贤，她的温厚敦良滋养着淳朴民风。这就是胪雷，我国著名数学家陈景润的出生之地。

邮差之子

胪雷村共有5000多人，几乎家家户户都姓陈。同宗同源的胪雷村人十分团结，以陈氏宗亲为荣。村里先人以“六艺”为别，分为“六房”，即礼乐射御书数，陈景润就属于二十五世御房二支。

1933年的5月22日，在胪雷村的一户普通人家，一个新的生命诞生了。

“出来了，出来了，是个男孩!”

听到传报，一家人都欣喜不已，等待着一声嘹亮的啼哭。可十秒过去了，二十秒过去了，还没有等来婴儿的哭声。

“不会是个哑巴吧？可不能是个哑巴呀!”一家人的心都悬了起来，手忙脚乱地围上前去，看助产婆用各种方法让小婴儿发出哭声。九岁的哥哥陈景桐和六岁的姐姐陈瑞珍不敢凑上去，就缩在大人身后。刚出生的弟弟不会哭，陈景桐和陈瑞珍反倒是急得眼泪直掉，父亲陈元俊更是急得像热锅上的蚂蚁，踱来踱去。陈家已育有一对儿女，如今再添一子，虽是喜事，但也平添了家庭的负担。如果这个孩子真的不能出声，或者得了什么怪病，那可怎么办……急上心来，父亲陈元俊顿时吼出了声，大家都被震住了。没想到，这一吓，竟让襁褓里的孩子哭出了声来，声音虽然不洪亮，但已经足够让大家安心：这个孩子不是哑巴，是个正常的孩子。心里的一块石头落了地，大家又围着小婴儿喜笑颜开。

当时的他们怎么也不会想到，这个连出生都不会啼哭的小婴儿，多年后发出的“声音”，不仅响彻了中国，还震惊了世界，成为他们家乡永载史册的骄傲。陈景润在家中排行老三，排在长兄陈景桐与长姐陈瑞珍之下。因为在同辈堂兄弟中排行第九，所以家里人都管陈景润叫“九哥”。在福建方言里，日子过得舒服、过得好叫“滋润”，父亲陈元俊给他起名景润，也是希望他以后能过上滋润的生活，幸福一生。

然而，现实并不总如人所愿，也远不及期望那般丰满美好。陈景润出生时，父亲陈元俊在福州闽侯县一个邮局当职员。职员的工作虽然稳定但收入微薄，每月收到的固定工资以及家里收取的少量地租，就是一家的收入来源。按理说，这样的家境放在当时还算可以，比上不足比下有余。可无奈的是，陈景润的家里，只有父亲陈元俊一人有工资收入，却有五张嘴等着吃饭，入不敷出便是家里常有的事。那时候社会并不稳定，政府政策经常变动，苛捐杂税名目繁多，货币三天两头贬值。对平常人家而言，有时候发工资领到的崭新钞票，甚至还买不到一卷纸。于是，人们都等待时机抛售货币，来换购柴米油盐纸巾布料等生活用品，囤在家里以备不时之需。有钱有势的大家庭，在这种时候仍然可以衣食无忧不受影响，苦的是像陈元俊这样本来就要节俭度日的五口之家，遇上通货膨胀，更得想办法省吃俭用节衣缩食，以求一家人的温饱。小小的陈景润就这样在家中的叹息声中一天天长大。

母亲潘玉婵是福州当地人。她长着一张国字脸，面容清冷秀气，柳叶眉下是一对细长的眼睛，炯炯有神。她的鼻子高挺，上薄下厚的嘴唇，隐忍中带着坚毅。她是一位地道的农村妇女，贤惠善良，能干持家。常年的田地务农与家庭劳作，对潘玉婵的身体造成了很大的伤害。哪怕是坐月子的时候，家中也没有富余的钱给她买鲫鱼、鸽子补身体，使她很难有奶水哺育孩子。对嗷嗷待哺的陈景润，母亲只能用米汤进行喂养。她把米汤一勺一勺喂到孩子嘴边，盼望孩子能健康长大。遇到家里无米下锅大人还能吃点粗粮忍忍，可孩子还小，吃不进粗粮，一饿就哭得不行。母亲便只能抱着陈景润去敲邻居家的门，东一家西一家地要点米汤。幸运的是，街坊邻居热情善良，总是大方相助。

然而，米汤虽然能勉强果腹，终究比不上母乳喂养那么营养。天生体弱的陈景润，因为哺育期的营养跟不上，小小的身躯更显瘦弱。陈景润多年后参加工作时患的病，或许就是小时候落下的病根。那时候，生病成了幼年陈景润常有的事。陈元俊的收入不多，难以有额外的开支再供陈景润看病抓药，很多时候就只好顺其自然，让陈景润多喝热水好好休息，等身体慢慢恢复。但这样的做法，是靠身体的免疫力和抵抗力在和病毒抗争，遭罪的是年纪尚小的陈景润。到底是十月怀胎母子连心，每每陈景润身体不舒服的时候，母亲潘玉婵也觉得难受不已，不忍心看着自己的孩子痛苦，潘玉婵便常常向左邻右舍要来一些草药充当治病的良药。这些草药虽能起到一定的作用，但毕竟不是对症下药，效果并不大。好在有一次，一位远房亲戚回到胪雷老家看望父母，给陈元俊送来了一些灵芝。亲戚嘱咐陈元俊："灵芝是中药之上品，可以固本扶正，提高免疫力，还能起到'驱邪''补气'的作用。孩子体弱的时候，你不妨多熬点汤水给他喝，会有好转的效果。"也许是灵芝的功效确实强大，也许是上天对陈景润的眷顾与怜爱，好几次陈景润病重的时候，家里就给陈景润熬灵芝汤水，孩子就从原先的奄奄一息，到慢慢恢复了生机与活力，不哭不闹也不再发热了。每每这时，母亲都忍不住感谢上苍，又保住了这条小小的生命。

就这样，幼年的陈景润，在与病魔的斗争中，缓慢而坚强地成长着。"吃得苦中苦，方为人上人。"或许正是为了将来能够肩负巨大的使命，陈景润才会从儿时开始，就提前尝到了人生的辛苦与不易。

如果对陈景润来说，他吃的苦源于身体上的生病受累，那么对父亲陈元俊与母亲潘玉婵而言，他们吃的苦便是养家糊口的劳累与辛酸。

日子一天天在继续，陈家的人丁也渐渐兴旺起来。母亲潘玉婵先后生下了十二个孩子，最后活下来了六个。除陈景润之外，那五个孩子分别是：哥哥陈景桐、姐姐陈瑞珍、弟弟陈景光、妹妹陈景星与陈景馨。父亲陈元俊外出工作之时，便是母亲潘玉婵负责打点家中一切：洗衣煮饭干家务，照顾孩子吃喝拉撒，这期间还不免夹杂着孩子们的哭闹声、争抢声……即使是能干的潘玉婵，也总是觉得分身乏术。为了给孩子们准备一顿好的早餐，劳作了一天的母亲潘玉婵，还要趁孩子们都吃好晚饭以后，拖着疲惫的身子去磨豆子，这样才能让孩子们第二天早上有豆浆喝。她总会点上一盏煤油灯，把白天浸泡好的豆子倒进石磨口，再推着磨碾磨豆子。一圈一圈，一轮一轮，映着煤油灯昏暗的光亮，母亲潘玉婵的身影，就缓缓地印在那面斑驳灰暗的墙上。劳累到深夜，潘玉婵已是疲惫不堪，临睡前还得进屋看看，确定孩子们都已经熟睡了，她才放下心来，上床休息。

虽然，大人们常常一忙起来，就无暇顾及孩子们，不能陪伴身旁，但孩子们天性的自由好奇就如同生活的艰难贫瘠一般，真实得无处藏匿。家里没有什么别的玩具，孩子们聚在一起，最常玩的游戏便是捉迷藏与“站乌龟”。

玩捉迷藏的时候，其他小朋友都喜欢轻装上阵，这样方便隐藏行踪，不暴露自己。陈景润却往往都会带上一本书，而他带的那本书，往往就是帮助他取得游戏胜利的一大法宝。轮到自己藏的时候，陈景润就会带着书，找地方躲起来，有时在桌子底下或床边，有时甚至直接躲进哥哥穿旧了的衣服里。靠着自己瘦弱的身材优势，陈景润总能瞒过其他小朋友的眼睛。开始，陈景润还等着别人来找他，看书看到后面，他就忘记了游戏。就这样，每到陈景润藏的时候，小朋友都等不到他出来，所以陈景润总能赢得最后的胜利。

不同于捉迷藏中的“常胜将军”，在另一个游戏“站乌龟”里，陈景润常常是别的小朋友的“手下败将”。

“站乌龟”可以说是陈景润家特有的一个游戏。那时，父亲陈元俊有养乌龟的爱好，因为喜欢乌龟的沉静与耐性，他甚至将一只长达一米的乌龟，养在了自己的卧室。当父亲陈元俊不在的时候，这只乌龟便成了孩子们玩乐的对象。哥哥姐姐会带着陈景润，爬上乌龟的背，然后摇摇晃晃地站起来，感受乌龟驮着自己慢慢前行的速度，大家就像是有了坐骑一般，总是兴奋不已。后来，“站乌龟”的规则变成了大家站上去，比谁能在乌龟上站得最久。陈景润容易发呆，和大家站着站着，不是想起来自己有没看完的书，就是忘记自己正在比赛，总是最先从乌龟背上下来。等他缓过神来，已经输掉了比赛。对自家弟弟这样“自我放弃”的举动，哥哥姐姐也总是被逗得开怀大笑。玩归玩，闹归闹，哥哥姐姐也渐渐发现了弟弟陈景润喜静爱看书的习惯，对这个安静乖巧的弟弟，也多了几分关爱。

陈景润的读书兴趣，来源于父亲陈元俊对他的引导与教育。虽然陈元俊是邮局职员，工作日都要上班，在家陪伴孩子的时间少，但他很注重对孩子们学习意识的培养。在陈元俊看来，读书人是应当敬重的。他曾教育孩子们，要想将来能在社会立足，就要用功读书。读书不是个别人家的特权，穷人家的孩子也拥有读书的权利，也可以读书求知。父亲陈元俊不仅仅是这么说的，也是这么做的。陈元俊有很多藏书，而且涉猎范围很广，既有《学生新尺牍·文言对照》这类教材用书，也有《庄子函道》这类圣贤之书，还有《黄氏医书八种》这类药理之书。桌子、书架上的书，陈元俊都默许孩子们可以自己翻阅。一时看不明白也不打紧，只要有时间，陈元俊就会领着孩子们围坐在一起，有时选一本书与孩子们一起阅读，给孩子们讲书中的故事；有时教他们写自己的名字；有时还会提前教一些数学的基本知识。

有一次，父亲陈元俊教孩子们数一百以内的数。他以数字 1—20 为例子，把 20 个数平均分为两组。其中，第一组（1—10）的顺序是要记下来的，第二组（11—20）要循着第一组的规律进行记忆。给孩子们示范和讲解后，陈元俊会突然提问："3 的后面是几？8 的前面是几？5 再往上数十个数是多少？13 再往下数十个数是多少……"面对父亲的提问，大家总会来不及反应，说出的答案不是数漏了就是数多了。听到不同的答案，父亲陈元俊也不会气恼，而是不厌其烦地教了一遍又一遍。每每这时，陈景润都会用手托着脑袋，一边点头一边喃喃重复。

陈景润就这样一点点长大了，他长得不算俊秀，身形瘦长，肤色黑黝黝的。如果走在街上，除了身形看上去略显瘦弱，别的地方和普通的小孩没什么两样，长相也往往会被归于"敦厚老实"那一类。如果要说有什么不一样的地方，大概就是他那与母亲潘玉婵相似的神态，单眼皮下那对细长的眼睛，总是透着专注与坚定。寒门之子，人穷志不短。或许，正是无数次在家里的学习和交流，一点一点体验到了读书的魅力。这样的魅力，对小小的陈景润来说，就像是一道道阳光，填补着他内心对知识无尽的渴望与期盼。那时的他还不知道，这个爱读书的习惯，以后会深深跟随自己的一生，甚至使他拥有了改写自己人生的能力。

胪峰山下，寻常人家，粗茶淡饭，棉布简衣。对陈景润一家而言，在胪雷的日子虽然清苦疲惫，却也自然温馨。小小的陈景润在父母兄弟姐妹的陪伴下长大，感受着人间温情，也找到了阅读的快乐。那温情和乐趣，就如同苦中作乐一般，是陈景润生活的良好调味剂。

可好景不长，这样平和的日子并未持续多久，1937 年抗日战争在国内爆发，在那动荡的时局里，人们的生活似乎在转眼间，就发生了翻天覆地的变化。

动荡岁月

1937 年“卢沟桥事变”发生后，日本军国主义发动了全面侵华战争。同年 8 月，日军进犯上海，淞沪会战一触即发；9 月，日军进犯山西，引发太原会战；12 月，南京陷落。1938 年 2 月，中日双方在江苏省徐州市打响徐州会战；8 月，中日双方在湖北武汉打响武汉会战……一年左右的时间，日寇的铁蹄从北方侵袭到了南方，拉起了一条长达数千里的封锁线，所到之处烽烟四起，民不聊生。福建作为东南沿海的省份，亦被日军视为攻略之地。

局势一天天恶化，父亲陈元俊也察觉到了危险的气息。胪雷处于福建省会福州市的东南地带，日军若要进攻福州，那么大概率会将胪雷作为进攻的突破口……看着家里孩子一天天长大，也都到了适学的年龄，思考多日，父亲陈元俊决定搬家，离胪雷不远的仓山就是他的意向之地。仓山就在胪雷村的西北向，两地虽然相隔不远，环境却大不相同。那时候的仓山是在福州的外国人的聚集地，不但有教会、学校、领事馆等，还有法、美、英等国的人在这里居留和活动，日军不敢贸然侵犯，相对来说会安全许多。

陈景润六岁那年，陈元俊带着全家搬迁到了仓山。

仓山古称“藤山”，也有“琼花玉岛”的美称。明洪武年间，有盐商在江南桥南面傍山麓一带设立盐仓，命之“盐仓前”，“藤山”也随之改称“仓前山”，简称“仓山”，现在仓山区的区名也由此而来。

1842年清政府被迫签订《南京条约》，被迫开放了多个通商口岸，西方差会依靠强力和特权在福州布道建堂、开办学校。

父亲陈元俊曾就读于英华中学，毕业后被分配到邮局工作。陈元俊见过书本与知识带来的光明，也深知读书的重要性。一个曾经见过太阳的人，便难以继续容忍黑暗。因此，即使时运维艰，陈元俊也想努力让自己的孩子们能上学读书，而不是沉沦于日常琐事，平庸地过完一生。

那时，陈元俊家里已育有三男一女。长子陈景桐15岁，在读高中；大女儿陈瑞珍12岁，准备上初中；二儿子陈景润6岁，眼看着就该上小学了；最小的儿子是陈景光只有3岁。来到仓山，孩子们日后上学的开销是一笔不菲的费用，为了节省开支，陈元俊在仓山的一家窑茶厂租了个大房间，供一家人生活起居，又在街边选了个店面，开了个小杂货铺，让长子陈景桐住在那，一边攻读学业一边经营生意，好为家里增加一些收入。有了茶厂，住的地方是有了，可窑茶厂的大房间没有隔间，这么多孩子，空间该怎么分配呢？这可难坏了父亲陈元俊，他把家具挪来挪去变换位置，都觉得不够妥当。正犯愁的时候，陈元俊的后方传来了“咕噔咕噔”的声音，他转头一看，原来是孩子正好奇地抓着不知从哪弄来的箱子，举起来松手，再举起再松手，箱子撞击地面，就发出了刚才的声音。看着方正有棱角的茶箱，陈元俊灵光一闪，这大小相当的茶箱，不是刚好可以拿来做隔断吗？他当即决定，要用茶箱来分配空间。在窑茶厂附近四处搜罗后，陈元俊找来了很多茶箱，把它们一一擦拭晾干，就开始堆茶箱。耗费了大半天的力气，陈元俊最终用茶箱堆出了两个小空间，一边给女儿瑞珍住，一边给景润和景光住。

茶箱堆出的小房间，虽然简陋，但却十分特别。对于孩子们来说，茶箱既可以用来睡觉，又可以拿来玩闹，是再好不过的安排。

平日里，父母都外出忙活，哥哥姐姐又出门上学的时候，留在家里的陈景润和陈景光就把茶箱当成自己的游戏王国，在空茶箱里钻来钻去，玩捉迷藏，或者比谁爬得快，玩得不亦乐乎。到了晚上，放学回来的哥哥姐姐总是能见到角落里零散的几个茶箱，心里觉得又好气又好笑，他们帮着收拾好以后，就开始学习。弟弟陈景光还小，等到快要熄灯的时候，好奇心一来，睡前也会想玩钻箱子的游戏。陈景润有时候会陪着弟弟一起玩，但更多的时候，他会让弟弟安静下来，不吵到认真学习的哥哥姐姐。因为空间有限，姐姐的学习也是在茶箱凑出来的小平台进行。每天放学回来，姐姐陈瑞珍都会打开书包，把纸笔拿出来放在茶箱上，开始做功课。有时，箱子上的本子很快就能被收进书包，有时，箱子上的本子要待很久才能被收回去。看着姐姐埋头写作业的身影，陈景润觉得，要是以前玩"捉迷藏"姐姐都带着她的作业，肯定能躲很久不被人发现。想到这里，他不禁笑出了声。听到笑声，正在做作业的姐姐顿了顿，回头一看，发现是弟弟陈景润在笑，更觉得有些意外。

"九哥，你在笑什么?"姐姐陈瑞珍好奇地问道。

"……没。"没想到被姐姐发现了，陈景润不好意思地低下了头。

"有什么好玩的事情，快和姐姐说说。"姐姐放下了手中的笔。

"好吧……姐姐，我想知道，上学好玩吗?"陈景润支支吾吾了半天，总算问出了口。

"喔，原来我们九哥想问的是这个啊。"对陈景润的问题，姐姐有些惊讶。

"上学当然好玩了，就像是在知识的海里游泳，能学到很多新的东西，学得好就会游得很快乐，可要是贪玩没学好，那就会游得很吃力。不过这一切究竟是什么感觉，等到你上学的时候就知道了。"姐姐陈瑞珍轻轻拍了拍陈景润的肩膀。

"等到我上学的时候就知道了。"陈景润怔住了，一面喃喃地重复着姐姐说的这句话。

姐姐陈瑞珍的这句回答就像是一根划过擦火皮的火柴，一下子照亮了陈景润对于上学的幻想与渴望。这一晚，小小的陈景润在茶箱里睡得格外香甜。

第二天一早，陈景润就早早地醒来，准备开始新一天的生活。他刚想从茶箱钻出来，就听到了有人在说话的声音，仔细一听，是姐姐在和父亲母亲说话。

“阿爹阿娘，转眼九哥也该上学了，他那么爱读书，我们一定要让他能有学上啊!”姐姐压低声音说。

“九哥是家里最爱看书的孩子了，我们，我们……”母亲潘玉婵皱着眉头，支吾着难以说完。

“唉，是该读书了。但现在外边环境乱得很，大家的生活都不好过，赚钱难，家里需要用钱的地方还这么多，上学又是一笔不小的开支啊。”接过母亲的话，父亲陈元俊语气低沉。

“不过我会想办法的，再难再苦，我也会让九哥有书读。你们就好好读书，这些不是你们该操心的事情。”父亲陈元俊拍拍女儿的肩膀，催促着她去学校上学。

听到这一番对话，陈景润就像被浇了一盆凉水，从头凉到了脚。昨晚还能看到的热切盼望，逐渐模糊在了一片水气中。那一刻，陈景润觉得自己不再是个小孩了，他也想要为这个家做些什么。他越发懂事听话，每天早早就起来，不是默默跟在母亲身后帮忙，就是照顾他那尚且年幼的弟弟，带他吃饭喝水，玩游戏讲故事。不忙的时候，他就找个角落默默地坐着，那些已经被翻得卷了边的书，他一看就是几个时辰。

偶尔，窑茶厂附近也会有卖报小贩路过，他们晃着手里的小报，从街头到巷尾来回穿梭，嘴里吆喝着“卖报卖报”，反复播报着战争的局势。遇上外边天气不好的时候，再传来战争的消息，窑茶厂附近就像被低气压笼罩一般，阴沉得可怖。日子一页页翻过，家里的一切似乎都没有发生改变，只有小学报到的日子在一天天迫近。每周陈景润都盼着父亲能早点回家，他想知道上学的事情怎么样了。有一次，他甚至没忍住拽住了父亲的衣角，但话都到嘴边了，陈景润还是没敢问出口，摇摇头就松开了手。

那段时间，在饭桌上吃饭的时候，父亲母亲对陈景润要上学的事情只字不提，常常讲的都是国内的局势：日军在 5 月轰炸了重庆，重庆死伤惨重，又在 6 月侵略了汕头，使汕头沦陷……小小的陈景润，对于这艰难的时局并没有过多的思考，只是深深地感受到了自己上学的艰难。吃饭的时候，他也总是一副闷闷不乐的样子。父亲母亲看在眼里，疼在心里，但上学之事遥遥无期，他们只好转移话题，好让景润不再忧心。

虽然不想给父母增添负担，自己也几乎没有问过关于上学的事情，但想要上学这件事情，就算捂住嘴巴不说出来，也会在他的心里隐隐发热，暗暗躁动。在家的时候，陈景润会翻出哥哥姐姐留在家里的书，无论是用过的教材，还是写过的作业本，甚至是字迹不那么工整的草稿演算纸，他都看得津津有味。遇到看不懂的地方，他还会折个小角，等哥哥姐姐回来再拿去请教他们。

时间转眼到了 8 月末，秋季入学报到的时间已近在咫尺。一天下午，陈景润和往常一样，窝在茶箱里看书，母亲潘玉婵把他喊了出来。

“九哥，来试试这件衣服。”母亲拿出一件新的棉布衣服，三两下就给陈景润套在了身上。

“真精神，真好看。”母亲潘玉婵轻轻推着陈景润瘦弱的身子，让他转着圈，欣喜地说道。

“不用了阿妈，这么好的衣服还是给哥哥穿吧，我穿哥哥的旧衣服就行。”陈景润连连摆手，想要把衣服脱下来。

“你哥哥有，他当时上学的时候，就有一件了。来，抬抬手让我看看肩膀会不会窄……”母亲潘玉婵一边说一边忙着检查。

“哥哥上学的时候有？那我……我现在也有……我也要上学了？”陈景润激动得结巴起来，他难以相信，自己的愿望居然就要实现了。

“对。你父亲已经给你报名了，明天我们九哥就是三一小学的学生了！”摸着陈景润新衣服上的布料，母亲潘玉婵欣喜地说。

“太好了！我终于也能上学了！”陈景润喜出望外，甚至在原地蹦了起来。多日的烦闷与憋屈瞬间一扫而空，陈景润心里满满充盈着喜悦与幸福。

吃晚餐的时候，大家都为陈景润能上学的这个好消息而感到开心。饭后，父亲陈元俊还郑重其事地劝勉陈景润，希望他去了学校能好好学习，将来做一个对社会有用的人。陈景润连声答应，也学着父亲的样子，沉沉地点头。那有样学样的一本正经，透着一股和陈景润年龄不符的滑稽感，逗得大家捧腹大笑。

等到夜幕真的降临，大家都准备睡觉了。陈景润也带着弟弟爬进他们的茶箱房间。没一会，身旁就传来了弟弟平稳均匀的呼吸声，而陈景润还是没有睡意。他既兴奋，又有点害怕。生怕一觉过后，这个好消息就消失不见了。陈景润翻来覆去的声响，传到了隔壁姐姐的耳朵里，姐姐陈瑞珍对陈景润的想法也算心知肚明。

“九哥，怎么还不睡，在想上学的事吗?”姐姐轻声地问。

“是，姐姐，我真的要去上学了。”陈景润的声音里压着喜悦。

“傻九哥，很快你就会习惯的。现在快睡吧，早点睡觉明天才有好的精神……”姐姐瑞珍平缓地说着，声音越来越小。

渐渐地，隔壁也传来了规律的呼吸声，陈景润深吸了一口气，努力让自己躁动的心情平静下来。不一会，他也沉沉入睡了。那些曾经在陈景润心里埋下的学习与求知的种子，终于等来了一个萌芽的时期……

第二章

天注数学梦想

小书虫

陈景润就读“三一小学”，每天早上，在家吃好早餐，陈景润就背着书包，迎着初升的晨光，走路去上学。学校大门两侧矗立着两根石柱，上面刻着“三一学校”四个大字。校园的道路两侧种了很多树，每到春夏季节，放眼望去都是一片清新的绿意，充满蓬勃生机，其中一条林荫大道通往的，是1925年学校为纪念万拔文而建立的钟楼，名为“思万楼”，如今被仓山区列为区级文物保护单位。

在这绿意盎然、鸟语花香的校园里，学习成了陈景润头等大事。为了不让父亲母亲失望，陈景润异常珍惜这来之不易的机会，恨不得把所有时间投入学习中。在课堂上，他从不调皮捣蛋，都专心听讲，在书上认真做笔记。在所有的课程当中，陈景润最感兴趣的就是数学课。

陈景润不仅在课堂上专心学习，放学后也不闲着。走在回家的路上，陈景润的脑子里回想着当天课上的知识点，两只小手不自觉地比划来比划去。如果还没回到家，两只比划的小手就停下了，那就是当天的知识已经过完一遍了；如果到家了，比划的小手还没停下，那就是当天的知识太多还没有过完，陈景润会再找时间把剩下的复习完。等回到家吃完晚饭，大家也都准备上床睡觉了。这时候，睡不着的陈景润会从床上爬起来，轻手轻脚钻出茶箱，去找个有光亮的地方继续看书，等哈欠连天了再回去睡觉。一开始，他是站在窗边，手臂枕着窗台，把书贴着窗户，借着月光的微亮看书。但月光实在太微弱了，有时遇上云层遮挡，根本就看不清书上的字。

“这样看书太吃力，到底哪里还有光呢？实在没有光的话，电也行。”

“电也行……有了！”

陈景润灵机一动，想到了一个好地方——在离家不远的街道上有一盏路灯，到晚上还在照明。说去就走，陈景润拿起书，轻手轻脚地就往外走去。从那天开始，一个坐在地上看书的小小身影，就成了路灯下的常客。

一天晚上，陈景润像往常一样拿起书本要往街上走。母亲被开门的动静声吵醒，迷糊中睁眼一看，发现儿子正要走出家门。她吓了一跳，连忙推醒丈夫陈元俊，让他去看看怎么回事。陈元俊见了也很诧异，披了件外衣，就跟了出去。当陈元俊看到儿子坐在路灯下，膝盖上枕着一本书的时候，他原本想要继续向前的脚步，不自觉地停了下来。古有匡衡凿壁借光，车胤囊萤映雪，现在家有景润灯下读书。孩子的认真与努力，熄灭了陈元俊本想问责的怒火。他不忍心上前打扰，站在远处看了一会儿，确认孩子的安全后，就转身走回了家。回到家里，陈元俊把事情原委，一五一十告诉了妻子潘玉婵，潘玉婵虽然感动于自己孩子读书的刻苦与努力，却也担心孩子的视力与身体。当晚，她辗转反侧，久久不能入睡，直等到再次听见陈景润回家的脚步声，她才放心地闭上眼睛，安然睡去。

第二天一早，陈景润像往常一样准备上学，出门前，正要拿起椅子上的书包，却发现书包前面放了件外套。陈景润感到好奇，他睁大了眼睛看向母亲。

“快入冬了，你阿爹说如果以后半夜要出门，这个外套要带着，可以防寒。”母亲走过来，理了理陈景润衣服上的领子。

“你阿爹说了，爱学习是好事，但不能急于一时，要是学习能成为陪伴你一生的事情，那才更好哩。所以一定要照顾好自己的身体，别看坏了眼睛，看出病来了。”母亲敦嘱道。

话说到这里，陈景润心里已经明白：父母已经知道自己晚上去路灯下看书的事了。但是父亲母亲不仅没有责骂他夜晚出门，还对他的行为表示理解和关心，这让陈景润很是感动。他用劲地点了点头。或许，也正是母亲的这句话，终身学习的念头，就在他的心里埋下了种子。

陈景润的刻苦学习劲，家里人看在眼里疼在心里，就连班上的同学，也明显地察觉到了他的与众不同。因为一门心思都在学习上，陈景润很少和身边的同学玩闹，再加上他的性格本来就偏向内敛，不善于表达自己的想法，更是显得他和周围活泼好动的同学有些格格不入。所以有时候，陈景润不免会受到同学们的戏笑与捉弄。

一次课间，班里一个淘气的学生在和大家说笑，他看见陈景润总是埋头看书，对他说的话没有任何反应，便有些生气。为了引起陈景润的注意，淘气哥走到陈景润的座位旁边，趁他不注意，一把抢走了陈景润的书包，还把它挂到了门上。大家都被这个突然的举动惊呆了，有的同学当即为陈景润打抱不平，有的同学在暗暗偷笑，班上的同学都好奇陈景润会做出怎样的反应。但让他们没想到的是，陈景润既没哭也没闹，更没有嚷嚷着要向老师打小报告。他什么话也没说，只是侧着身子避过一个个同学，走向门口取回了他的书包，接着就回到座位，从折了角的地方继续看书。一个恶作剧就这么平静地结束了。本等看看好戏的旁观者们顿感无趣，三三两两地散开了。淘气的同学更觉得没劲，也转头和其他同学继续聊天去了。他们不知道，对陈景润而言，书本里的世界，就像一个未知的迷宫，每一页都可能开启新的探险，带来新的可能。沉浸式的读书，虽然少了与外界的交流，但却能使他得到内心的满足与快乐。

然而，学无止境。即使用功的陈景润，在学习上也有遇到难题的时候。三一小学原本是一所教会学校，以教授英语为主。对于语文、算术这类的课程，陈景润都学得乐在其中，轻松自在，而换做英语科目，面对那26个形状各异，没有规律可循的英文字母，陈景润总是提不起兴趣。在家里做作业的时候，陈景润也总是为此犯难。幸好，父亲陈元俊总会在陈景润需要的时候出现。有一次，陈元俊听到了儿子陈景润的叹气声，他凑过去一看，作业纸上尽是歪歪斜斜的英文字母。

“怎么不把字写得端正一点?”声音从陈景润身后传来，陈景润一个激灵挺直了背。

“阿爹，因为英文字太难记，我实在背不住……阿爹，我们为什么要学英文呢?”陈景润转过头，眉毛皱成了一个八字。

“好孩子，因为学英文有用。你现在看见的英文只出现在纸上，但它和我们的生活其实大有关系。就拿你晚上借光看书的路灯来说吧，你知道路灯为什么会发亮吗?”

“嗯……这个我知道。路灯是由电力公司供电的。”

“很好。那你知道电又是怎么来的吗?”

“不知道。”陈景润摇摇头。

陈元俊摸摸陈景润的脑袋：“这个世界很大，只学好中文，是不足够认识所有事情的。电灯是美国一位科学家爱迪生发明的，他做了很多试验才成功，我们现在的路灯能亮，就是因为从他们国家学到了发电的技术。英文是一门学科，也是一门语言，学好了它，你就能掌握破译英文世界的密码，学到更多的东西。”

陈景润一时怔住了，小小的他想不到，英文与路灯竟然还能有这样的联系。

“你说英文字母不好认，26 个字母一开始认是有点多。但如果我告诉你，英文里的上万个单词，都是这 26 个字母演化拼成的，你还会觉得多吗?”父亲陈元俊接着回答陈景润的疑问。

26 个对比上万个，陈景润脑海里的数字来回变换。

“不多了，不多了。”陈景润茅塞顿开，再看那 26 个字母，也已经没那么可怕了。

就这样，在父亲的循循善诱下，陈景润对英语也提起了学习的兴趣，很快有了进步。一年级的时候，陈景润的学习成绩在年级总是名列前茅，班上同学们对他的成绩都心服口服，老师们也喜欢这个勤奋好学的孩子。

到了二年级，陈景润的表现更加突出，他在课堂上提的问题，有的甚至已经超过了二年级学生所应掌握的知识范围，科任老师都会对此感到惊讶。出于对自身学习成长速度与发展的考虑，陈景润想要申请跳级，这一点也得到了父亲陈元俊的支持。陈景润的优异成绩在学校也有目共睹，陈景润的申请便得到了准许和通过。就这样，1942 年 9 月，在新学期开学之际，9 岁的陈景润直接跳了一级，成为了一名五年级的学生。陈景润的成长，就像开了加速器一般，即将向着更远的方向与更高的要求进发。

与此同时，外界的战争也愈演愈烈。随着日军对沿海地区的侵扰，福州已然难有原先的平静，许多政府机关都从福州市区迁往西部山区。陈元俊一家曾经亲身经历过福州的第一次沦陷，眼下福州虽然光复了，但战争的动荡还未止息，如何在战争中保全家人，再谋生计，成了陈元俊需要考虑的头等大事。或许是上天听到了陈元俊的呼求，对这一家人的动荡生活心生垂怜，1943 年 12 月 10 日，一纸调令为他们指明了去向。那封来自邮局的调令，将陈元俊安排到三元县邮政局担任二等邮局的局长。应此函调令的批示，也为护一家大小周全，陈元俊带上了全家一起前往三元县赴任。

“三元”是旧时所用县名，其地名由来已久。相传，“三元”得名于唐代，因为当地有一户安氏诞有龙元、狮元、豺元三胞胎，均英明于世。为表纪念，此地取名为三元。民国年间，政府进行了行政区划上的调整，将三元县与明溪县合并，取两县原名的首字，设“三明”为新县名，沿用至今。旧时的三元位于福建省偏西处（如今三明市区的西南部）。相比福州的市区环境，三元是山区，相对偏僻，但也安全许多，减少了遇到战乱纷争的可能性。地广人稀，加上聚族而居，孕育出了三元独特的老城关建筑。当年的老城关布局规整合理、四通八达，有港口码头、庙宇亭台等景观，甚至与日后的凤凰、长汀那样的古城相比，都毫不逊色。除此之外，三元老城关的大厝，也是当地一大建筑奇观。大厝的布局颇似北方的四合院，公共区域有围墙、闾门与广场，每户人家还有各自的天井与庭院，是现代小区建制无法比拟的居住体验，可惜部分建筑已拆除改建，如今已难以重见当时壮观之景象。

1938 年，沙县邮局在三元设立了邮政代办所，地址就在三元县南边阳巷名为“次崖祠”的房子里，也就是李氏（李天纯）大厝。1941 年至 1950

年，三元邮政局就设在这座大厝中间三植的公共厅堂里，陈景润跟着父亲来三元时，便住在这里。

常年干活积累的身体劳损，加上路途过于奔波，使母亲潘玉婵患上了肺结核，常常咳嗽不止，甚至会咳出血丝。作为家里的顶梁柱，陈元俊默默地担起了责任。一到三元，他就忙着安置家人，等住所安顿好了，陈元俊就马不停蹄地抓药煎药，待潘玉婵病情有所好转了，他便忙着去安排孩子转学就读的事情。1943 年，陈景润所就读的三元县三民镇中心小学，就设在一座名为“世盛祠”的屋子里，那里距离邮局不到 40 米。后来，历经半个多世纪，这所三元县三民镇中心小学现已更名为“三明市陈景润实验小学”，也是如今全国唯一一所用陈景润名字命名的小学。

虽然有许多不适应的地方，但所幸过了一段时间，陈元俊一家也都渐渐习惯了新的环境。因为办公地和住所几乎合并，小学也近在咫尺，一家人的生活更为便利，更有规律。每天清晨，陈元俊都会早早地叫孩子们起床，在大厅里读书。如果说，在外人看来，三元县城关是“小小三元县，三家豆腐店，城里打锣鼓，城外听得见”，那么对于李天纯大厝的居民来说，这户新搬来的陈家邻居就是“小小读书郎，祠堂邮政店，早起读书声，琅琅听得见”。在书声的衬托下，大厝的早晨总是格外充满生机与活力。到了晚上，陈元俊往往工作到深夜，如果邻里听到“呯，呯，呯”的声音，那准是他又在忙着盖邮戳了。母亲潘玉婵则依旧负责操持家务，忙里忙外，既要催促孩子们上学，也要照顾三个还没上学的孩子。可无奈她身体已不比从前，原先就落下的病根，加上新患的咳疾，让潘玉婵有劲使不出。为了妻子潘玉婵的身体着想，也为了分担二人照顾家庭的压力，在邻里亲戚的建议下，陈元俊请来了一位二十出头的女孩，帮着打理家务照看孩子，孩子们都称她为“大表姐”。大表姐十分勤劳能干，她的到来使家里变得更加井井有条，弟弟妹妹很听她的话，陈景润也有了更多的时间学习。

虽然，三元镇中心小学的条件比不上原先的三一小学那么优越，电力也没有那么发达，路上也没有夜灯，但这里的地理位置比较偏僻，因此嘈杂和干扰更少，更适合专心致志地学习。

陈景润继续着他在三一小学读书的习惯，甚至比那时候更为认真。课堂上，他总是聚精会神听老师讲课，认真地完成老师布置的作业。有一次，数学老师布置了 33 道练习题作为课后作业。同学们觉得题量有点多，一个个都面露难色。老师见状也松了口："布置的 33 道题都是基础练习题。这样吧，你们可以从其中任选 10 道，作为明天要上交的作业。"台下顿时响起一片鼓掌声与欢呼声，同学们一个个喜笑颜开。

第二天，老师把收上来的作业一本一本平摊开来批改，几十本作业里只有陈景润的本子，写过的那部分纸张，厚成了一叠。那上面工工整整地写着 33 道数学题的题目、运算过程以及答案。对陈景润不埋怨不抱怨，认真完成作业的态度，老师很是欣赏。不仅对待课业态度十分端正，就连下课后，别的同学在玩闹时，陈景润也总是静静地待在座位上，有时候发呆思考问题，有时候用笔在纸上写写画画，演算数学题目。他的快乐虽然不像同龄孩子一样灿烂而肆意，但他沉浸于自己的世界的这一份投入，使他的气质更安静而有力量。

时间过得很快，1944 年 7 月，陈景润以优异的成绩从三元县三民镇中心小学高小毕业。高小毕业是什么特殊的说法呢？原来，不同于现在的小学六年义务教育制度，在 20 世纪 30 年代以前，三元县并没有完整的小学教育，小学实行的是"四二分"的初小高小学制，初小即小学一年级至四年级，高小即小学五年级至六年级。陈景润读完了六年级，因此获得的是高小毕业证书。在陈景润的毕业证书上，有楷体小字写着："学生陈景润系福建省闽侯县人，现年壹拾贰岁，在本校小学部高小班修业期满，成绩及格，准予毕业，此证"。

虽然陈景润在三元镇中心小学仅读了一年，但重情重义的他一直将母校对他的培养铭记于心。晚年，当陈景润因患"帕金森综合征"卧病在床的时候，听到三明实验小学（原三元镇中心小学）发展近况很好的消息时，他依然会为之兴奋不已，频频点头。他还示意身边工作人员拿出印着"中国科学院数学研究所公用笺"的纸张，挪动着僵硬的手，在纸上艰难地写下“希望三明实验小学小同学们努力学习，天天向上”的美好寄语。末了，他还让人拿出一本自己与邵品琮合著的世界数学名题欣赏丛书：《哥德巴赫猜想》，在扉页提笔写下：“希望三明实验小学小同学们努力学习，天天向上。”写罢，陈景润在上面郑重地盖上自己的印章。

“努力学习，天天向上”，八个字的寄语，饱含着陈景润对母校同学的真诚劝勉与鼓励，然而当年，刚从高小毕业，站上人生第一级求学阶梯的陈景润，未曾想过自己的前途会有多么开阔，又有多么艰辛！

原来，当时的三元县虽然能提供小学的完全教育，但尚未开设中学教育，如果想要继续接受教育，就需要到邻近的沙县、南平县等地方就读初中。到底是离开家去沙县读书，还是在家等待时机，成了陈景润深为困扰的问题。陈元俊自然深知儿子陈景润想继续上学的心思，可如果战事还未止息就让孩子独自去沙县、南平求学，过上家校两地的生活，总不是长久之计。所幸，当时“初中继续教育”的问题，也得到了三元县里的重视。由吕祖韬老先生牵头，县里开了好几次“三元县立中学”筹备会，参加会议的有曾毕业于三民镇中心学校的当地知识分子，如魏植杰、邓新园、邓镐昂等；也有应届毕业班的毕业生家长，比如陈景润的父亲陈元俊。大家聚在一起，都想让县里的孩子们毕业后能继续读书，但筹备办学并非易事，想让一所学校在短时间内拔地而起更是难上加难。因此，讨论会虽然开了几次，但实际的进展却并不尽如人意。

与之相反，外界的动荡却从未消停过。1944 年 9 月，日军在连江、官岭及莆田一带国民党军队防守薄弱处登陆，随后攻陷连江地区。日军兵分两路，一路向罗源县境进犯，另一路向汤岭、潘渡一带窜进后会合于福州、闽侯县北边地区。同年 10 月，福州市内所有国民党官兵尽数撤退，随后福州被日本军队入侵，福州第二次沦陷。战局动荡，时运维艰。说起近日的战况，父亲陈元俊总带着对运势的感叹，“如果当初，我们一家没有从福州迁到三元，那么我们可能正卷入战争，无处躲藏啊……”。每每听到这些，陈景润心中都会涌起连绵的迷雾：国家尚且陷在战火之中，从前的居所都已沦陷，复学的困难远比想象中要大，自己到底应该做些什么，又能做什么呢?

虽然，陈景润自高小毕业后一直待在家中，也迟迟没有等到复学的消息，但庆幸的是，父亲陈元俊对陈景润的学习有着清晰而长远的规划。从前，他告诉过陈景润："读书不分穷富，穷人家的孩子也有上学的权利。"眼下，他教给陈景润的是："读书不论场所，即使身不在教室，依然可以心向知识，一心求学。"和几年前一样，父亲陈元俊也践行着自己说过的话——停课不停学。失学在家的半年多，父亲陈元俊并没有放松对陈景润学习的监督，除了让陈景润自主学习外，他还担起了教陈景润学英语的担子，巩固他之前学过的英语知识。这样等到初中开学了，陈景润的学习进度也不至于落后太多。

时间如白驹过隙，一去匆匆，转眼就到农历新年了，陈景润一家迎来了迁到三元县的第一个春节。灯笼高挂，剪纸贴窗，爆竹声响，菜肴满桌。大家都放下手中的事情，一起忙活着准备除夕佳节。家里的大表姐是三元本地人，对当地过年的习俗可以说是了如指掌，她忙着张罗家中的大小事情：备料、采购年货、准备菜品、招待客人。有了大表姐的帮忙，母亲潘玉婵轻松许多。在热热闹闹的节日氛围下，一家人其乐融融地吃了顿团圆饭。令陈景润没想到的是，他期待已久的关于复课的消息，悄然而至。

"三元县中就要开办了，九哥有书读了!"父亲举杯站了起来，向家人宣告这一来之不易的好消息。屋外的鞭炮声正响，劈里啪啦，烟火气在空气中弥漫开来。在节日特有的异常热闹的躁动中，陈景润感受到的，却是一种平静与知足。那顿除夕家宴，也成了陈景润毕生难忘的一顿晚餐。在乱世之中，一家人还能吃饱穿暖，甚至还能按时接受学校的教育，不同于小时候那般欣喜和雀跃，陈景润的心中，更多的是对命运的感谢与珍惜。他就像一个在港口停息了多日的旅人，终于等来了一只小船，从远方飘来，要载着他继续驶向学习的海洋。

心向数学

新创办的三元县中，全称为“三元县立初级中学”，最初的校址设在三元县祠堂旁的“笃庆祠”（现三元区公安分局处）。这所县立初级中学的成立，还要归功于抗战时期特殊的教育政策——“战时教育须作平时看”。此外，三元县知识分子的组织与付出也不容忽视，当时高等教育人才稀缺，知识分子往往一人身兼数职。

1944年，为了让陈景润这届高小毕业生能尽早入学，魏植杰和邓新元、邓镐昂等当地教育界人士联手筹备了办学事宜，其中就包括腾出笃庆祠给中学生们当课堂。抗战胜利后，省级单位人员撤回省城，原先被借用办公的祠堂便空了出来。后来，三元县中就搬到了世昌祠等祠堂（现红旗影院处），陈景润初二下学期便在此就读。

创校初期，为了让高小毕业的学生能尽早复读，三元县中开设了春季班。大年三十一过，学校即刻开始招生。首批春季班的学生有67名，其中也包括已到沙县就读，又折返回来读书的同学，如陈景润的同班同学邓孝干。

阔别半年多，1945年2月，陈景润再次背起书包重返校园。由于教室是临时设在祠堂内的，虽然添置了桌椅能用于书写，但条件依旧简陋，部分墙体剥蚀，地面也不平整。有时候，外边下着大雨，教室里也会跟着下小雨，滴滴答答。特殊时期，战争未息，坐在笃庆祠里，孩子们也会听见不远处传来的猛烈的轰炸声。在这样特殊的环境里，陈景润和同学们更加认识到读书的不容易，也加倍珍惜还能坐在教室里的机会。他们的琅琅读书声，总能传到很远的地方。

在家休学了半年，刚复学的陈景润一度跟不上班里的进度。1945年7月，学校组织初一年级进行上学期的期末考，这也是陈景润重新入学后的第一场学期考试。这场考试，陈景润的考试成绩平均分为65.2分，和以前优异的成绩相比，退步不少。拿到成绩单的陈景润，满是沮丧和失落。回家的那条小路，也变得更加漫长。路过那流水汩汩的小溪，蓊蓊郁郁的树林，陈景润也没有以往的兴致去欣赏，他垂着脑袋，拖着步子，往回家的方向走着。

一回到家里，陈景润就看见母亲佝偻着身子，东忙西忙的身影，一阵止不住的心疼涌上他的胸口，像咬了一口泛汁的青梅，又酸又苦。他上前想搭把手，却被母亲潘玉婵拦着，催促着他把自己的学习学好就是做好了应该做的事。想着刚出的成绩，陈景润满是惭愧，但也更坚定了要继续努力的决心。他想着，下次一定要拿出一份让父母骄傲，让自己满意的成绩单。重新振作的陈景润，像是上了发条一般，学习比原来更加起劲，并且，他的劲头不是像无头苍蝇一般随机分配，也不是没有选择的平均分配，更不是只往一处使的偏颇分配，相反，他学习的时候稳中有序，争取能门门功课都能达到优秀。而在所有科目里，他最痴迷最愿意花工夫学的，就是数学。

每个孩子的智力发展方向都不一样，有的孩子“言语—语言”智力发展快，表现在学习上就可能偏爱语文；有的孩子“逻辑—数理”智力发展得好，学习上就会偏爱数学。兴趣是孩子们学习上最好的老师，也是他们学习的最佳动力。对自己感兴趣的学科，孩子们往往会投入更多精力，也会萌生更多动力去学习，陈景润对待数学正是如此。自从上了初中，陈景润就对解答数学问题产生了浓厚的兴趣。对于有些同学来说，那一道道的数学谜题，只是令人头痛的演算作业，而对于陈景润来说，那由已知问题推导未知答案的过程，就像在一个既定的迷宫里寻找出口，每一步演算，都是为了离出口更近一步所做的尝试与努力。此外，因为方法不止一种，每找出一处，都会让自己充满成就感。那既富有数理的逻辑性，又充满未知的多样性的推演，便让他十分着迷。

一碰到数学题，陈景润就常常忘了时间，为了不耽误做其他功课的作业，陈景润习惯把数学作业留到最后写。一盏煤油灯，一支笔，一张纸，就是他漫漫长夜里最好的陪伴。有一次，他遇到了一道难题，花了几乎一个晚上的时间，怎么演算也算不出来。一旁的煤油灯灯芯一窜一窜地舞动着，规律而平稳，陈景润却陷入了重重迷宫，失去了方向。他在草稿纸上不断推演，但还是一筹莫展，找不到解决问题的突破口。但当天的问题，应该当天解决。思虑再三，陈景润决定去找老师请教，陆宗授老师刚好就住在这附近。说做就做，他悄声移开凳子，站起身来准备出门。陈景润的动作虽轻，但仍不免发出了声响，大哥陈景桐就被这样的动静吵醒了。

“九哥，这么晚了还不睡，要去哪？”看到陈景润准备出门的身影，陈景桐原本惺忪的睡意，顿时消散了不少。

“大哥……有道数学题我算了一晚上，实在算不出来，想去请教一下老师。”黑暗之中，陈景润压低声音说道。

“九哥啊，这么晚了，老师也该睡了，有什么事我们留着明天和老师说吧。明天，明天一早就去找。”得知陈景润是要去问问题，大哥陈景桐放下心来，睡意又找了回来。

“不行，今天的问题就应该今天解决。我不能留着这道不会的题过夜，不解决我是不会睡觉的。”陈景润压低的声音中有着几分坚定。

“让他去吧。不把问题解出来，他是不会罢休的。”一旁传来父亲陈元俊的声音，低沉而暗哑。

原来，父亲陈元俊早已被兄弟二人的对话所吵醒，他也深知陈景润脾性的执着与坚定，索性出声应允。得到许可的陈景润开心不已，低低应了一声，就窝着身子走出了家门，去找陆老师了。敲门声响了一会儿后，老师应声而来。打开家门，看见眼前站着的是班上的学生，老师感到有些意外。得知陈景润是为了请教问题而来，陆老师先是表扬了陈景润挑战难题的精神，接着，便耐心地指点陈景润关于题目的解题思路和演算方法。陈景润和陆宗授老师，就这样一句一搭的，讨论着问题，思考着不同的解题方法。

第二天一早，要出门上班的父亲陈元俊，早早便候在了陆宗授老师门前。等老师出来后，陈元俊对昨晚陈景润深夜请教问题，向老师连声致歉。没想到，陆宗授老师并不气恼，反倒拍了拍陈元俊的肩膀，连声夸赞起来。

“景润是个好孩子啊！他昨晚问的数学题确实有难度，我们探讨了很久，最后解出来了。虽然牺牲了一点睡眠时间，但收获是值得的。景润对数学很痴迷，不仅有天分还这么爱学习爱思考，以后一定会有出息的。我喜欢这样的学生。”

陆宗授老师果然慧眼识英才，这位曾在深夜向自己求教的学生，多年后真的有了出息，不仅在数学领域开辟出了一块属于自己的领地，所发现的“陈氏定理”还获得了世界的认可。只可惜，陆宗授老师没有等到见证的这一天，倘若他泉下有知，也一定会为自己学生所获得的成就感到欣慰和骄傲。

感受过陈景润勤学好问品质的，不只有陆宗授老师，几乎所有教过陈景润数学的老师，都被他的勤学品质深深感动。这个平日里默默无闻的学生，遇到数学就像抹了香油的琴弦，能流畅地演奏出一篇篇动听悦耳的乐章。不过，陈景润比较少在课堂上提问，他都是等到课间，或是放学的时候。一看到数学老师的身影，陈景润就迈开步子，紧紧地跟上去。他的提问总是开门见山：“老师，我有一个问题”，待老师回应后，就和老师一边走一边交流起来。勤学好问，埋头苦读。在三元这片土地上，陈景润专注求学、与老师并行的身影，在巷内打水都不忘学英语的身影，为三元这片尊师重教、培养贤才的土地，增添了一个无比动人的传说。

功夫不负有心人，在陈景润的不懈努力下，他的成绩有了很大的起色。不同于初一上学期有点落后的期末成绩，到了下学期，陈景润的期末考试总分已经在班上名列前茅。他的英文在全班排第一，算学（数学）在全班排第二。那时，班里成绩最好的邓繁福同学数学也很好，时常和陈景润角逐班里数学的前两名，两人也经常一起探讨问题。

在班上，陈景润不太爱说话，除了和同桌邓铨繁关系比较好，和别的同学交流都不多。在其他三明籍的同班同学看来，陈景润总是穿着学生装，脚上一双黑色力士牌的鞋子，人瘦瘦弱弱的，一到下课就沉浸在自己的数学世界里，俨然一副“书虫”的模样。陈景润的同桌邓铨繁读书也刻苦，一个月要烧掉差不多四五斤煤油。因为这一点，陈景润对同桌邓铨繁也多了几分敬佩和尊重，二人常常互相激励，一起学习。数学和英语一直是邓铨繁的弱项，自从老师安排陈景润做了他的同桌，他开心极了，常常向陈景润虚心请教。虽然陈景润较少主动与同学交流，但面对同学向他发出的求助或请教，陈景润往往都是来者不拒，尽力帮助。同桌邓铨繁请教数学的时候，陈景润会告诉他关于解题的思路和想法，有时候，还会主动帮他在数学课本上，标注一些公式和笔记。

有一次上完数学课，下课铃刚打，同学们都起身活动筋骨，谈天说笑，陈景润的同桌邓铨繁却对着课本发了愁。原来，刚刚老师上课讲的例题，他有好几题都没听懂，只好在书本上圈圈画画，做了简单的标记，想着下课再去请教老师。没想到，讲台上的老师已被好几个同学团团围着请教问题。他又急着想去上趟厕所，不然一会儿又该上课了。纠结之下，邓铨繁把书“啪”一下反扣在了桌上，就出教室上厕所去了。等他回来的时候，老师已经不在教室了。他回到座位，沮丧地拿起自己反盖在桌上的数学课本，却意外地发现，他课上画了圈，本打算请教老师的问题，旁边都列着几行算式，既有公式，也有步骤的标记。那工整的字迹，一看就是出自同桌陈景润之手，邓铨繁看向陈景润，他依旧伏案在桌，专心钻研着自己的数学问题，好像什么也没发生过。邓铨繁心里很是感动，朝着陈景润的方向，说了声“谢谢”，那边传来简单的一句：“嗯，不用谢。”陈景润和邓铨繁这对同桌，就这样互相帮助互相影响，积极用功努力学习，两个人的成绩很快有了明显的进步。

在三明市档案馆里珍藏的陈景润学籍档案里，有一份“三元县立初级中学三十四年度上学期学生成绩一览表”，泛黄的纸页上记录着陈景润初二上学期的成绩。陈景润的代数99分，成绩总平均分为84.58分，是当仁不让的班级第一。

即使在多年后想起，这样的经历仍旧让陈景润充满着一股自豪与欣喜之情。在《回忆我的中学时代》里，陈景润坦言：“成绩是画笔，勾画出我当时是一个活生生的孩子来。我能唱能跳，天真活泼，瞧，音乐85，体育80！当时我衣衫素净惹人爱，生理卫生82嘛！我几十年死死抱住的

‘金娃娃’——数学，确是夙有姻缘，代数 99 呀！分数最低的是劳作，我那时一双小手可不巧……”而在当年，依据这份大有进步的成绩单，陈景润被列入了三元县中举荐“优等生”的名单，同在这份名单上的还有罗焕民、邓繁福。他们三人的学业成绩都在 80 分以上，操行及体育成绩均在乙等以上。陈景润的同桌邓铨繁也迎来了进步，成为了“中等生”的第三名。

接着，陈景润在三元县立初中又完成了一个学期的课程，期末成绩总分位居全班第二。到 1947 年 1 月，陈景润作为学校春季班的学生，已经学完了初二的所有课程。与上一张仅仅记录分数的成绩单不同，初二下学期的成绩单末尾处还写着一行小字：下期转学。从 1943 年年底陈景润一家迁到三元县，到 1947 年年初他们要启程返回福州，不知不觉，他们已经在三元这座僻静自然的山城待了三年多的时间。三年多来，这座小山城的祠堂庙宇，大厝天井，山林草木，小溪流水，都留下了陈景润踏实求学的足迹。在这曾经孕育出“闽学四贤”“杨罗李朱”的尊师重教的人文之乡，陈景润虚心求教，勤恳学习，不仅夯实了自己的学科基础，找到了自己的兴趣所在，也为日后自己向数学高峰的进发奠定了牢固的基础。

三元这座山城的哺育恩情之重，让陈景润即使在成名后，依然铭记于心。当收到《三明报》报社寄来的三明资料后，欣喜于故地变化之大的陈景润，当即在秘书的协助下，写下了一首《辅基树础，创立新风——题〈三明报〉社》的短诗，寄回报社。没多久，诗作就以加按语的形式刊登于《三明报》的头版，这也是陈景润一生中唯一公开发表的诗作：

三明三明，勤劳人民。从小到大，以至无穷。

三明三明，讲究文明。辅基树础，创立新风。

三明三明，山清水明。资源丰富，气候宜人。

三明三明，前途光明。胸怀四化，叶茂花红。

一九八四年十月五日于北京

十年树木，百年树人，不忘初心，砥砺前行。从“杨罗李朱”到上世纪 40 年代的知识分子，再到陈景润以及后辈的力量，三明这块土地，对贤才英杰都有着独特而深刻的纪念。为了纪念陈景润，三明一中（原三元县立初级中学）的山麓，有一座亭子被命名为“景润亭”，亭子两侧题有对联：“皇冠顶上摘珠，誉称山斗；数塔端尖折桂，名贯中西。”该联出自全国著名诗联大家、三明一中的退休老师余元钱先生之手。与市区西南角山麓的“景润亭”相对，在市区的东南角的虎头山麓，也有亭子一座，名为“道南亭”，兼取北宋理学家程颢的“吾道南矣”和闽学鼻祖杨时的“倡道东南”之意。绿道在“景润亭”和“道南亭”穿行的时候，也把这片土地上的先贤精神联系在一起，脉脉相承。

后人对陈景润的纪念深刻而厚重，然而在当时，抗战胜利后的第二年夏天，陈景润一家还在城郊之间奔波。

1947 年，父亲陈元俊带着一家人告别了三元县，回到了福州仓山区。那时候，仓山区属于闽侯县管辖，在政府及社会各界的努力之下，福州两所公立中学、三十八所公立小学，以及二十余所私立中小学，均在短时间内相继开学复课。这其中就包括陈景润曾就读的福州三一小学，与他将要就读的福州三一中学。原先，陈元俊打算让陈景润转入学费较低的林森县县立初级商业职业学校，后因该学校离家太远，就选择了另一所学校：福州三一中学（现福州外国语学校）。陈景润班上的不少同学，在毕业多年后还对当年上学的印象很深。在他们记忆里，陈景润的脸是椭圆的，眉毛浓浓的，耳朵长长的，鼻子大大的，总是穿着童子军的衣服，脖子上挂着三一中学童子军的领带，左白右蓝，也有那么几分气派。

从三元县回到福州城，一路的奔波劳碌，使本就患病在身的母亲身体愈加虚弱，回到福州，她便咳个不停，卧床不起。为了分担家里的压力，陈景润白天上学，放学回到家便帮着大表姐一起做家务，照顾家中病重的母亲，照看弟弟妹妹。等家中琐事忙完，夜幕也悄然降临。这时候，陈景润才拿出学校布置的课业，开始灯下学习，进入他的数学世界。这样的生活忙碌而劳累，陈景润也感受到了成长中责任的重量：小时候，他需要做的事情就是对自己负责；长大了，他不仅要对自己负责，也要学会照顾家人，分担家里的重担。

时间过得很快，转眼就到了 1947 年 12 月，福州虽尚未进入寒冬，但空气已变得冷冽，陈景润的初三生涯就要结束了，他的初中生活，也将画上一个还算圆满的句号。然而，让一家人没想到的是，母亲的生命也即将走向终点。1947 年 12 月 3 日早晨，母亲的床边围站着大哥陈景桐、大姐陈瑞珍、九哥陈景润还有大表姐，看着母亲虚弱无力的样子，大家都悄悄地抹着眼泪。父亲陈元俊坐在床边，扶着妻子的身子，不让她滑落下去。

“元俊，我的时日不多了，我自己清楚，但我有两件事情……还放心不下，你能不能答应我……”母亲潘玉婵的声音微弱，时断时续。

“你说，你说，我都答应。”陈元俊急急应允。

“一是九哥，他身子不好，做不得苦活累活，也不善交朋友，但他爱学习，爱数学，要尽可能地供他读下去。二是小景星和小景馨姐妹俩，她们还小，我走以后，需要有人好好照顾她们……”潘玉婵用尽了周身的气力，挤出这两句话。

而后，潘玉婵便永远地闭上了双眼，撒手人寰。

潘玉婵的离去，对陈家无疑是沉重的打击。陈元俊失去了最得力的贤内助，陈景润和兄弟姐妹们失去了挚爱的母亲。14 岁那年失去母亲的悲痛，永远地刻印在了陈景润的心中。多年后，陈景润重返福州家中，面对母亲的遗照，他感怀万分，在照片的背面从右至左写下：“这是我的慈母，故于中华民国三十六年，阴历十月二十一晨七时，亭头邮局旅次。”

潘玉婵逝世后，家里的光景似乎一下就沉落了。不久后，出于生计的压力，为了不耽误女儿陈景星上学，父亲陈元俊又与大表姐一起，将家中的陈景星寄养在了大表姐老家一户乡下人家。承受着辞母别妹的悲痛，陈景润仍然不忘本业，顽强地完成了初三的全年学业，并顺利获得了福州私立三一中学的初中毕业证书。想着母亲生前最后的嘱咐，都不忘支持自己走上学习的道路，陈景润的内心，对母亲充满着深深的感激，也对读书学习这条道路，有着一走到底的决心。

“英华 Booker”

从福州三一中学毕业后，陈景润梦想的求学之路，第三次面临着选择的困难与中断的危机。虽然福州三一中学有小学部、初中部、高中部，但因为战时纷乱，三个学部迁至了不同的地址。直到1948年陈景润初中毕业的时候，三一中学的高中部仍留在古田县。古田县在福州的西北方，现为福建省宁德市下辖县，距离福州市仓山区约100公里。

现实的问题摆在眼前：如果陈景润想要继续在三一中学高中部就读，那就意味着他得在仓山古田两地往返奔波，这显然并非长久之计。如果要就近选择，那么还有两所教会学校可以考虑，一所是福州格致中学，一所是福州英华中学（也称福州鹤龄英华中学）。

福州格致中学创建于1847年，创办后，学校历经多次迁移。抗战胜利后，学校迁回了福州市鼓楼区于山北麓，并发展至今。福州英华中学（现福建师范大学附属中学）1881年由美国传教士麦铿利在福州仓山创办，迄今已有百余年历史，是一所享有盛誉的教会学校。在当时，英华中学不仅具有相对齐全的教学设备，雄厚的师资力量，而且还有与之相匹配的高标准的入学条件：要进行统一考试。优越的读书环境，加上高要求的选拔考试，这意味着竞争会更为激烈，也使就读于英华中学多了一道软性的门槛——家庭条件较好、接受过高质量教育的孩子，可能更有优势。

而当时，陈景润并不具备这样的优势。一来，陈景润家里的经济尚不宽裕；二来，陈元俊对陈景润能否通过英华中学的入学考试，也没有十足的把握。因此，为求稳妥，陈元俊的第一选择是福州格致中学。虽然，格致中学离家也有近10公里的距离，但总比远在古田的三一中学要近。为了不让陈景润错过报名上学的时间，1948年，陈元俊找到了胪雷老家的阔亲戚陈绍宽，那时候陈绍宽在国民政府海军部当部长，在社会上具有一定的威望与地位。在陈元俊的恳切请求下，陈绍宽特地执笔为陈景润写了一封推荐信，推荐他入读福州格致高中。陈元俊拿着信回到家中，和陈景润分享这个好消息，并且嘱咐他一定要交到校长的手中，不能弄丢了。陈景润小心翼翼地收好了信函。父亲陈元俊工作日要上班走不开，只好让陈景润一个人去学校把推荐信呈给校长。

走在去拜访校长的路上，陈景润的步伐小幅而紧促，紧张得就像怀里揣了只半睡半醒的兔子。他心里想着：一会儿就能见到校长了，如果校长同意，自己就能入学了，能入学的话就能读书了，如果有像英华中学那么大的图书馆就好了，那可是自己梦寐以求的学习的地方……想着想着，他竟迷迷糊糊地推开了英华中学的大门。一番问路后，他找到了校长办公室，鼓起勇气敲了敲门。

“请进。”时任英华中学校长的陈芝美先生，朝着门口应道。校长陈芝美是福建省古田县二保村人，也曾就读于英华中学，是福州英华中学首任华人校长。

“你是?”看到一个陌生的、瘦瘦小小学生模样的身影出现在办公室门口，陈校长愣了一下。

“校长您好，我，我叫陈景润，想来这里上学，这是我的推荐信。”陈景润拿出之前压得平平整整的推荐信，递了上去。

陈校长接过信函，看了一会儿，脸上渐渐浮现出平和的笑容。

“孩子，你知不知道信里给你推荐的，是格致中学，不是英华中学?”

“糟糕，我弄错了。可即使是这样，也只能将错就错了。”陈景润涨红了脸，内心忐忑不已，想着接下来该怎么办。

“我知道。”陈景润小声地回答，双手不安地叠在一起。

“但是，我更想来的是英华中学。”陈景润的声音又大了一点。

“为什么呢?”陈校长更感兴趣了，继续提问。

“因为……因为英华中学有很大的图书馆!”陈景润的声音坚定而洪亮。

陈校长被这意想不到的回答打动了。那一刻，他感觉自己面前站着的这个瘦弱的小身板里，汹涌着一个自由而尚学的灵魂。陈校长又仔细看了好几遍推荐信，觉得陈景润是个可塑之才。随后，陈校长便联系了陈景润曾经就读的学校，询问并确认陈景润以往的学习表现及成绩。了解完基本情况后，陈校长确信自己没有看错，陈景润是一个热爱学习、勤奋努力并且成绩优异的学生。陈校长来到陈景润身边，友好地对他伸出了双手，祝贺他被英华中学录取。

就这样，一场误打误撞的乌龙，最后竟成了意外之喜。1948 年 2 月，陈景润以“春季班”学生的身份，进入了英华中学读书，开启了他期待已久的高中生涯。这段生活，重新点亮了他的生命之光，也是他求学道路上灯塔一般的存在，指引了他求学的方向。

英华中学治学严谨，讲求教学质量。1951 年，福州英华中学与华南女子文理学院附属高级中学、陶淑女子学校三校合并，成立福州第二中学。1973 年，更名“福建师范大学附属中学”。

在当时，除重视课堂教学外，英华中学还十分重视课外活动，经常举办各类演出、体育赛事等，培养学生多方面的能力。然而，这一切对于不善言辞与交际的陈景润而言，却是一种无形的负担。不同于身边那些家世阔绰的同学，陈景润生活简朴，一身粗布旧衣衫，一双穿了很久的黑皮鞋，就是他雷打不动的装束。他的书包文具也很普通，没有钢笔，都是用铅笔写字，铅笔头都削得短到实在不能用了，才会丢掉。因为长期躺卧以及在灯下看书，陈景润患上了近视，眼镜腿断了，他就拿一根线绑上，虽然这样看起来有些怪异与寒酸，但好歹还能凑合着用，陈景润也就不在意了。瘦弱、老实、穷小子，大概就是中学同学对陈景润的总体印象。因为生活上不太讲究，身材又偏瘦弱的原因，陈景润时不时会受到同学们的打趣与嘲笑。还处在青春期的陈景润，即使一门心思都扑在学习上，也难免会因为外界的声音影响了情绪，一个人的时候，陈景润也会觉得失落和无助。然而，为了不让家人担心，他从来报喜不报忧，不和家里说这些事情。但不愉快的情绪总要有抒发的地方，为了转移自己对外界声音的在意，陈景润一头扎进了图书馆的海洋里。对于陈景润而言，图书馆就是他的梦想天地。爱读书的陈景润，遇到藏书丰富的图书馆，就像是一块海绵掉进了海洋里，顷刻间吸得膨胀而饱满，浮在水面上缓缓漂游。被书籍包围着，便可穿越时间跨越空间，自由自在畅游，这种难以言喻的幸福，少年陈景润已深有体会。有好几次，陈景润因为看书太入迷了，把图书馆闭馆的时间忘到九霄云外去了，等他反应过来，自己已经被图书管理员关在了馆内，而他也就索性与书相伴睡了一夜。等到第二天图书管理员来开门的时候，被陈景润吓一跳。

不过，这种情况并不会经常发生。因为英华图书馆闭馆的时间早，为了能多点时间看书，陈景润往往会选择把图书馆的书借出来慢慢看。不满足于课本知识的陈景润，借阅的书目数量多到他自己都记不清，这其中他最常借的就是数学一类的书。福建师大附中（原英华中学）的学校图书馆里，还珍藏有陈景润上学时的借书卡，以及他借阅过的书籍，比如大学丛书《微积分学》《达夫物理学》，哈佛大学讲义《高等代数引论》，以及《密尔根盖尔物理学》和《实用力学》等书，其中《微积分学》这本书，他还先后借过两次，用课余时间认真地自学。浸泡在书籍的海洋里，充分吸收知识营养的陈景润，就像一颗萌芽的种子在肥沃的土壤里，接受了充沛的阳光和雨露，正茁壮成长着。

在大多数同学看来，数理化看重的是逻辑与推演能力，记忆力并不那么重要。但对陈景润而言，记忆力是辅助学习的一项重要利器，只要肯下苦功夫背住公式和原理，那么做题时就能得心应手，轻松解答。陈景润是这么想的，也是这么做的，对于书本上的知识点，他都会有意识地去记忆，并且常常复习巩固。

一天，班上一位同学向陈景润请教化学问题。陈景润拿过题目看了一眼，便明白了题目要考的是哪个知识点，他随手写下一个公式，给了那个同学，并且告诉他，化学书上的某一页就有类似的例题，他可以多做几遍巩固记忆，方便以后做题目的时候能举一反三。

“真的吗？书上也有这样类型的题目？”提问的同学半信半疑。

同学回到座位拿出化学书，翻到陈景润刚刚说的页码，果然在上面找到了同样原理的例题，甚至还看到了之前写的笔记，但自己已经没有什么印象了。

“那我再问问你，如果是这道题，会用到什么公式，有什么相应的例题?”同学不相信陈景润能把书本知识记得这么清楚，还想再考考陈景润。

不知不觉，围在陈景润身边的同学多了起来。对同学们的轮番抽问，陈景润都能对答如流，并且能在书本上当即得到验证。如果一次是偶然，两次是碰巧，那么三次四次的随机问题，总可以证明陈景润的实力确实不凡：他对化学书里的内容都非常熟悉，甚至把一本化学书都记了下来。

“陈景润好厉害，简直能当成书本来用，真是个 Booker!”热闹中，不知是谁说了这么一句。

“没错。陈 Booker，陈布克……”大家你一言我一语的，就这样说开了。陈景润不好意思地低下了头，他还没有这么被大家议论和表扬过。

自那之后，陈景润便有了一个“Booker”的外号，同学们对他的看法也大有改观，既惊叹于他学习的用功程度，也佩服他基础知识的扎实程度。对待化学学科，陈景润的认真程度尚且如此，面对喜爱的数学，他更是用心至极。如果说，陈景润初中的数学学习，是在寻找走出迷宫的办法，那么进入高中学习数学，就是在准备攀登数学的高峰。这座名为“数学”的高峰，攀登起来并不容易，如若旅途中只有自己，总难免有疲惫软弱不知方向的时候。所幸在英华中学，陈景润遇到了很好的引路人。师者，所以传道授业解惑也。老师们含辛茹苦的教育，及时而耐心的指导，都为陈景润的数学之路排除了不少障碍。

在英华中学，陈景润遇到的第一位数学老师是陈金华老师。入学的时候，陈景润就听闻文科班有位陈金华老师教学深入浅出，深受学生崇敬，为了能听到这位数学老师的课，本可以去理科班学习的他，毅然决然选择了跟着文科班就学。

陈景润的选择并没有错。陈金华老师的数学课堂总是充满了活力。那一条条固定的公式，一页页枯燥的数学原理，在陈金华老师的课堂上，却成了一个个能解开数学谜题的神奇道具。他洪亮的声音，生动的比喻，以及严谨的逻辑推算，无一不吸引着同学们对课堂的注意力，调动着大家学数学的热情。对陈景润而言，这样的数学课充满乐趣，也是很好的学习机会，因此在课后，陈景润也常常向老师请教问题，除了初等数学的知识，陈景润还常常请教高等数学方面的问题。陈老师也毫不吝啬自己的学问，总是有问必答，还曾将自己的《微分学问题详解》《集合论初论》等书借给陈景润，这些都更加坚定了陈景润要把数学学好的信念。

与陈老师春风化雨的教学方式不同，另一位何老师，在教学上秉承的则是"严师出高徒"的原则。作为学校公认的"严师"，何老师的数学课上，总会有大量的课堂作业与课后作业。有时上完一节课，何老师甚至会布置多达几十道的习题作为课后作业，让学生们巩固知识，扎实基础。当然，何老师偶尔也会酌情让同学们选做，减轻大家的课业负担。无论作业多或者少，陈景润总是不带抱怨，全部完成。他刻苦认真、严谨求学的精神，也给老师留下了深刻的印象。

沈元是地地道道的福州人，在英华中学毕业后，他考入了清华大学机械系航空工程专业，有过海外留学经历。1946 年沈元回国，任教于清华大学航空工程系。三年后，因父亲在福州病故，沈元向校方请假回乡料理父亲的后事。后来，因战事交通中断，沈元暂时无法回到北平，只能滞留福州。时任英华中学校长的林观德，就是在那时向沈元伸出了橄榄枝，邀请他到英华中学授课，并兼任一个班级的班主任。沈元所带的就是陈景润所在的班级。

专业过硬、年轻有为，又有出国留学经历的沈元老师，将陈景润的视野引入一个更为广阔的世界与层次。那时，沈元住在学校的教职工宿舍，陈景润和班里其他同学便常去他的宿舍聊天。沈元与他们分享的，并不总是课本上的知识，更多的是青年人应该有的理想和追求，科研事业的魅力与价值。一次次谈话，就像一场场春夏季节的雷雨，虽然来得快去得也快，并不能马上改变孩子们的生活现状，但是一番洗刷涤荡后，留下的大雨过后的清凉与清新，沁人心脾又唤人清醒，孩子们内心的迷茫与害怕，也因此消散了不少。

可惜，第二年交通恢复了，沈元老师便返回北京，继续他的航空研究工作。英华中学的授课教学，对沈元老师而言，或许只是一次短暂的代课历程，但对陈景润而言，沈元老师对自己的影响巨大而持久，是陈景润数学生命中的一个重要节点。一次数学课上，沈元向学生们讲起了数论中的一道著名难题——“哥德巴赫猜想”，一声清亮的哨音，让原本沉浸于浩瀚题海的陈景润，循声而至，抬头看见了高峰上的一朵天山雪莲——“哥德巴赫猜想”。沈元老师在课堂上的一席话，为陈景润指明了一座尚待攀登的高峰。在陈景润的心里悄悄埋下了一颗梦想的种子，在今后的日子里，成长为一棵参天大树。

第三章

求学逐梦遇恩师

圆梦数理

1949 年 2 月，陈景润以优异的成绩升入高二。相比刚入学时的懵懂，此时的陈景润已经完全适应了英华中学的学习氛围与环境，图书馆也依然是陈景润在校园里最常呆的地方。珍惜上学的时光，安安稳稳地读书，就是陈景润给自己定下的最切近的目标和计划。

然而，天有不测风云，时代瞬息万变，没有人能免于受到环境的影响。

当时，解放战争已接近尾声，国民党虽难以扭转战局，但仍昼夜死守福建与台湾之间这道天然的防线。福州进入了紧急备战状态。紧张的氛围逐渐扩散，辐射到了军事、经济、教育等各个领域。受战备影响，大部分学校暂停了授课，教员无法获得薪水，纷纷自找门路。英华中学也没能幸免，刚读完高二上学期的陈景润与他的同学们，眼看着就要因为战争被迫失学了。父亲陈元俊也慌了神，但他不是失业，而是更加繁忙。由于战时通信部门的重要性不言而喻，通讯需求与日俱增，邮局的工作量也多了不少，陈元俊每天都早出晚归，自顾不暇，家里的孩子们有时一周也难见他一面。

福州战役正式打响后，解放军对国民党的残余部队乘胜追击，打得他们节节败退。8 月 13 日解放军于丹阳首战告捷，15 日解放军攻占宁头、闵安等地，16 日解放军截断了国民党部队的海上逃窜之路。8 月 17 日清晨，持续约半个月的福州战役结束了，解放军部队从万寿桥开始，沿着中亭路、小桥路、横山路、茶亭路、福德路、斗门路、中正路自南向北步行进入福州市区。至此，福州战役以解放军胜利告终，福州正式宣布解放！后来，为纪念福州“八一七”解放，政府将解放军步入福州市区沿线走过的道路合并命名为“八一七路”，将横亘于闽江之上的万寿桥，更名为“解放大桥”，并沿用至今。在当时，解放的喜讯仿佛春风一般，迅速传遍了大江南北。人们的脸上逐渐恢复了绽放的笑颜，生活也慢慢重回正轨。看着街道上巡逻或坚守岗位的解放军们，陈景润由衷地感到敬畏。陈景润也期待着，自己的学习之路也能延续。

福州解放的好消息传来没多久，陈景润的家里就发生了一件大事。

一天，父亲领着一位女子回了家。她看起来年纪不大，样貌清秀，衣着朴素。父亲把孩子们都聚集到一起，孩子们不知道这个突然出现在他们面前的阿姨是谁，都七嘴八舌地议论着，想知道她的来历。不等孩子们发问，父亲陈元俊便为他们揭开了谜团。“孩子们，福州解放了，新政府正在筹备组建。最近几个月，我可能会非常忙碌，没有那么多时间留在家里照顾你们。所以，我找来了秀清，以后就由她帮忙照顾你们。你们就喊她‘阿妈’吧。”

“不用不用，叫我秀清阿姨就行。”担心孩子们一时接受不了，林秀清在一旁摆摆手。

“阿妈?”孩子们都被父亲陈元俊的话吓了一跳。年纪尚小的妹妹陈景馨和弟弟陈景光还不懂这些，只知道家里多一个人又热闹了，高兴地拍起了手。陈景润默不作声，虽然能理解父亲的做法，但心里也无比地想念母亲。哥哥陈景桐和姐姐陈瑞珍心里早已明白，但什么也没说，只是对林秀清报以礼貌的微笑，而后便悄悄红了眼眶。

就这样，继母林秀清住进了陈家，开始了新的生活，她忙里忙外，任劳任怨。有一次，弟弟陈景光在玩耍时意外被同学的弹弓击中，嘴巴破皮流血，送到医院缝了好几针。那段日子，弟弟陈景光不能自己吃饭，都是继母林秀清在护理照顾。到了用餐时间，刚忙完家里的事情，林秀清就赶到医院，一勺一勺地喂弟弟陈景光喝米汤，喝牛奶，一直陪护到他伤口愈合了，林秀清才带陈景光回了家。人心都是肉长的，继母林秀清虽然不是生母，但是她为家庭的付出，大家也都看在眼里，记在心上。慢慢地，孩子们也从一开始对她有所抵触，变为了接受和认可。在陈景润后来的成长中，继母林秀清也给予了他足够的关爱，对他有很深的影响。

在家的日子一天天过去，到了8月底，英华中学传来了提前开学的消息。原来，虽然学校还没有正式复课，但因为解放军的进驻，社会已经渐趋稳定，各行各业都开始复苏了。为了让同学们补上之前因为战事落下的课程，学校决定安排学生提前入学。然而，受困于家中的经济状况，父亲陈元俊无法再供陈景润继续读高中。1950年陈景润没能返校读书，在家自学了一学期。最后，因不满三年学制的要求，陈景润没有从英华中学毕业。

虽然不能在校读书，陈景润也没有放弃学习。他总想起几年前在三明县，自己读完初二面临失学的时候，父亲告诉他的那句话，“读书不论场所，即使身不在教室，依然可以心向知识，一心求学”，最终他也等来了复学的机会。想着想着，陈景润觉得，以前的自己尚且可以做到在家自学，现在应该比之前更加自觉和自律。失学在家的日子，陈景润也没闲着，他列了个时间表，写上学习计划与课程计划，把空余的时间安排得满满当当。陈景润还找同学和老师借了一些高三的课本，打算自学课本里的知识内容。遇到不懂的地方，他还会做好标记，攒到一定数量了，他就找个时间，到学校去请教之前教过他的老师们。对这个好学却无法继续读书的孩子，老师们都为他感到可惜，因此都耐心细致地为陈景润答疑解惑。尤其是陈金华老师，对陈景润的学习格外上心。

一转眼，5个月过去了。这天，陈景润照例拿出课本准备学习，门外却响起了一阵急促的敲门声。

“景润，快来，老师这有个好消息。”陈金华老师喘着气，手里卷着一份报纸。

“陈老师好，怎么了？”陈景润赶忙上前迎接老师。

“你考大学有望了！继续读书有希望了!”陈老师重音强调着。

“真的?”陈景润把刚拿出的杯子放在了桌上，双手微微发颤。

“你看。这报纸上白纸黑字印着的，教育部出台了高等学校全国统考的文件，凡有高级中学毕业的同等学力，而又有必要的证明者，可投考报考。”陈老师把手中的报纸铺开，摊在桌面。1950 年 5 月 26 日，教育部出台了新中国第一份高校招生考试文件《关于高等学校一九五〇年度暑期招考新生的规定》。关于“投考资格”，文件明确提出：凡具有高级中学毕业的同等学力，而又持有必要的证明者，可投名报考。

“可我高中没能顺利毕业……”“中学毕业”的要求像一盆凉水浇在了陈景润的头上。

“别急，你虽然不符合高中毕业，但你具备同等学力的条件。同等学力，就是指没有在某一等级的学校毕业，或者没有在某一班级肄业，但具有相等的知识技能的水平。你在英华中学读完了高二，成绩优异，分数完全满足科目达标的要求，可以算具备高中学习能力，是可以报名的!”陈老师耐心解释着，生怕眼前这个读书的好苗子错过这次难得的机会。

“那可太好了，我可以报名吗？我要报名。”听完老师的话，陈景润心中几乎快要熄灭的小火苗，又燃了起来。对眼前的恩师，陈景润更是心怀感谢与尊敬。

1951 年至今，全国人民都对高校统一招考十分重视，但在民国时期，大学实行的是单独招考的自行招生政策：由高校自行拟定招生的计划、条件、办法，考生到学校所在城市或设有考场的城市去应考。这意味着，对于高校来说，会出现一些学校有考生扎堆报名，而一些学校无人问津的报考失衡现象，以及新生报到率低等问题；而对于考生来说，他们需要离乡背井，外出应考。因此，在陈景润求学的年代，政府出台的“组织高校统一招考政策”，可谓是在教育层面大刀阔斧的改革，很大程度上调适了高校自行招考以来的混乱状态，大量减少了人力、物力及时间上的浪费。就这样，1950 年 5 月底，陈景润报名参加首次全国高校统考，并将当时厦门大学的数理系作为自己的第一志愿。好事多磨，虽然陈景润在家失学了半年，但他搭上了中华人民共和国成立后教育改革的顺风车，成为第一批报考高等学校的一名学子，陈景润无疑也是十分幸运的。

全国高校首次统考在8月份举行，这也意味着，留给陈景润的复习备考时间，只有短暂的两个多月。高三休学了一年，缺乏在校系统知识的学习，假期在家备考，也没有老师的指导与同学的陪伴，在这条追梦的路上，陈景润只能一个人用力奔跑，靠自己努力，一点一点离梦想更近。那段时间，陈景润像打了鸡血一样，每天都打起十二分精神。他坐在书桌前，一坐就是好几个钟头。家里人担心他看书学习用力过度，开始的时候，时不时会劝他休息一下，但陈景润总是嘴上应着好，眼睛都不移开一下。久而久之，家里人也就不说什么了。

等到夜深了，陈景润就点一盏煤油灯，他总习惯把油灯芯往里边挑一点，这样灯光不至于太亮，影响到家人睡觉。六七月份，正值夏季，夜晚的天气总是闷热，令人心里烦躁。在那一桌一椅一灯围出的小小空间里，埋头学习到深夜的陈景润，有时已是汗流浃背，额头沁出细密的汗珠，他也毫不在意，随手一抹，就继续自己的学习。笔尖在纸上自由肆意地勾勒，接触之间传出“沙沙沙”的声响，粗糙而圆润，与之相映衬的，便是窗外偶尔传来的蛙鸣虫叫，轻细而规律。宁静的夜晚，笔刷声与虫鸣声就这样一里一外，汇成了夏日夜晚的独特律动。可惜的是，这场夏日奏鸣曲，并没有遇到真正的听众。一门心思全扑在学习上的陈景润，并不被外界的声响所分心，只想争取多一些复习的时间，而深夜熟睡的家里人，却难免被这样的杂声所打扰。

“九哥，不早了，该睡了。”大家总忍不住劝陈景润早点休息。

“就好了，就好了。”陈景润也总是搬出他的“固定”答案，然后继续埋头苦干。

“九哥，以后到了晚上就早点熄灯睡觉，一家人也好多睡会。”父亲看不过去，出面说道。

不知从哪个晚上开始，陈景润终于把家里人的话听进去了，一到深夜，就自觉主动地熄灯上床，也不在座位上熬夜学习了。一家人都觉得十分诧异，不明白陈景润怎么会突然有这样的改变。直到有一天，年幼的妹妹陈景馨带着父亲陈元俊，找到了这一问题的答案。景馨带着父亲来到陈景润床前，用手指指蚊帐里边坨成团的被子，向父亲陈元俊努努嘴："阿爹，你看。"

陈元俊仔细看了看，"被子怎么好像拱起来了，九哥是缩在里面睡觉吗?"

"九哥，九哥。"父亲低沉的声音响起。

"在，我在……"蚊帐里传来回答的声音，紧跟着是窸窸窣窣收拾的声音。

妹妹陈景馨人小胆大，一个上前就撩起蚊帐掀开了被子。陈景润正弓着身子坐在床上，手上拿着还没收拾好的笔记，脚边躺着一个手电筒，亮着微弱的光。原来，熄灯上床的陈景润并没有乖乖去睡觉，而是打着手电在被窝里继续学习。床上散落着他的书、夹了笔的笔记本、草稿纸、手电筒。为了避免手电筒的光亮会透出蚊帐，他还把蚊帐朝向家人床铺的那一面，糊上了纸。

"阿爹，妹妹……这样就不会影响到大家休息了。"没想到会被家里人发现，陈景润一时不知所措，随手擦了擦额头上的汗。

"唉，你真是不在意自己的身体。罢了罢了。"看到陈景润如此专一于学习，甚至不顾自己的身体，父亲既欣慰又心疼。

就这样，在日复一日的苦心备考中，陈景润终于等到了统考的到来。几天下来，每一场考试他都认真对待，专注思考解题的步骤与过程。最后一场考试交卷后，陈景润如释重负，他走出考场，深深地吸了一口气，然后闭上双眼，内心期待着这几张薄薄的答卷，能为他圆了大学之梦。

8 月底的时候，大学录取名单在报纸上张榜公布了。天道酬勤！在厦门大学的录取名单中，20 个名额中，陈景润三个字赫然居于中间——第十名，陈景润被厦门大学录取了！陈景润用多少个日夜，多少奋斗的汗水浇灌的嫩芽儿，终于收获了成功的花儿。不仅如此，由于统考成绩优异，陈景润也被私立福建学院录取。私立福建学院创建于 1911 年，是福建省最早的高等学府之一。只可惜当年，私立福建学院只有工商、政法、经济、企业管理等几个专业，并没有陈景润想要的数理专业。

但行好事，莫问前程。一日之间，陈景润就从一个没有读完高中的同等学力考生，成为了一名拥有选择权力的拟录取考生。那历经奋斗培养的成功之花，绽放着令人们惊叹的无与伦比的美丽。家人都为这样的结果欣喜不已，陈景润却显得平静如常。考完试，他没有放肆地去玩耍，也没有像其他孩子一样，向家里提各种各样的要求，相反，他依旧伏案学习，钻研各种数学习题，想着为将来进入厦门大学读书做更充分的准备。然而，父亲陈元俊的想法，却与陈景润有了分歧。在陈元俊看来，出于经济与地缘的考虑，让陈景润留在福州的私立福建学院读书，是一个较为折衷的选择。一方面，这不耽误陈景润继续读书求学；一方面，也不需要额外的路费、置衣费、住宿费等花销。更重要的是，1950 年 6 月 25 日，朝鲜内战爆发，美国政府武装干涉朝鲜内战，并派遣第七舰队侵入台湾海峡，出于备战的需要，厦门大学可能要迁往龙岩白土乡，那里距离厦门 300 多里，而且路很不好走。家里人轮番上阵，力图说服陈景润选择私立福建学院。

“可……可我想学的是数学，福建学院没有数理系。”陈景润低下头，小声说道，双手不自觉握紧了拳头。

战争、逃难、地形、经济，种种因素的干扰叠加在一起，对陈景润而言，都没有“数学”二字的吸引力大，他心心念念的，是能去数理系学习，能离那数学皇冠上的明珠近一点，再近一点。

“阿爹，我想去厦大。我知道会给家里增添经济负担，但你们放心，不能坐车我就走路，不买新衣服我就一直穿旧衣服，我会省吃俭用，绝不浪费钱。”陈景润更加坚定了心中所想，语气沉着而真挚。

父亲陈元俊比家中任何人都更深知陈景润的秉性，他决定要做的事情，就会铆足全力去做，九头牛都拉不回来。拗不过陈景润的性子，也不想白白浪费一个就读大学的机会，父亲陈元俊重重地点了点头，放下了心里的坚持。

眼看着就要离开福州了，向来沉默少言、不善表达自己情感的陈景润，心底也萌生了深深的不舍与留恋。学习之余，他见到家里有活儿就抢着做，看到有人需要帮手就上前帮忙，比以前任何时候都要积极，实在没什么家务事可做了，他就拿一块方形小布，在家东擦擦西擦擦。家里人打趣他，短短一个月就从英华中学的 Booker，转变成了家里的 Cleaner。陈景润就讪讪地笑笑，也不说什么。

除了对家充满留恋，对母校和老师，陈景润也满怀不舍。在离家上学前，陈景润还专程去拜访了曾教过他数学的陈金华老师，与陈老师做临行前的告别。陈老师住在英华中学安置的教工宿舍里，进入仓山区，经过一程起起伏伏的坡道，就到了老师居住的院落。茂密的树荫下，掩映着一栋栋红砖砌起的西洋式楼房，在阳光下格外显眼，陈金华老师就住在靠东面的第一层楼。见到陈金华老师，老师和蔼的面容让陈景润备感亲切，他已然没有了路上的紧张与忐忑，也没有以往在众人面前的拘束无措感。他回想起三个月前，老师带着报纸来家里告诉自己可以参加高考消息的时候，回想起自己做学生向老师请教的时候。转眼间，自己和老师已是离别在即。想到以后可能没那么容易再见面了，陈景润和老师都很珍惜这次谈天的机会。他们二人侃侃而谈，有对未来的理想和憧憬，也有对数学的热爱与痴迷。一个下午的时光，很快就过去了，临走之前，陈景润向老师恭恭敬敬地鞠了一躬，而后挥手告别。

这一别虽久，但情谊未断。此后的多年里，陈景润与陈金华老师一直保持书信往来，老师也见证了陈景润从大学生到老师，再到成为中科院数学研究所研究员的成长与蜕变。

1950 年 9 月，在厦门大学即将开学之际，为避免因路途遥远及社会动荡而耽误入学报到，陈景润决定提前动身前往厦门。离家的日子终于到了，继母林秀清早早起来做了一桌丰盛的早餐，待一家人吃完，就一起出家门送陈景润远行。一个被盖卷，一个破旧的小藤箱，就是他全部的行李。大哥陈景桐也把自己入冬时会穿的薄呢子大衣叠好，送给了陈景润，希望他珍重身体。父亲陈元俊一遍又一遍地叮嘱，让陈景润要照顾好自己，多给家里写信，学习不要累垮了身体，也要好好学学如何与他人相处……父亲的唠叨与体贴，温暖着陈景润的心窝，让他更是不舍与动容。为了让父亲不要太担心，陈景润不断地应着“好，好，好”。告别终有时，离散两依依。忍着不舍与留恋，陈景润挥别了家人，转身走向了车站。

“孩子长大了，总有一天要离开家的。”察觉到陈元俊难过的情绪，林秀清轻声安慰道。

“是啊，我也知道。我这是为九哥高兴呢，九哥有出息了。”听了林秀清的话，陈元俊紧锁的眉毛有所舒缓，他低头揩了揩眼睛。在他的前方，陈景润的背影已经渐行渐远，不一会儿就在视线里消失了。

当时的交通不像现在这样便捷，从福州到厦门的旅途，汽车一路颠簸，走走停停，好几天后，才载着陈景润到了厦门。当校门上“厦门大学”四个大字真真切切地出现在眼前时，陈景润的内心止不住地翻涌，他激动得几乎要流下眼泪。

是雄鹰，就要学会搏击于长空；是猛虎，就要学会翻跃于丛岭；是蛟龙，就要学会叱咤于深海。路漫漫其修远兮，陈景润的求学之路，总是陷入“上学—失学—上学”的循环，虽历经几番坎坷，但他靠着自己的努力翻山越岭，逐渐靠近了梦想的彼岸，从而窥见百舸争流的壮丽景象。进入厦门大学，是陈景润新征程的开始。在这条攀登数学高峰的路上，他必不言放弃，不断求索。

求学艰辛

陈景润考入厦门大学的那年，厦大已开设有数理系。后来，为响应国家重视人才教育的号召，厦门大学进行了相应的课程改革，1952 年数理系分为数学、物理两系，陈景润就读于数学系。当时读数学专业的有 4 人，陈景润是其中之一。他们的学生宿舍在博学楼，也就是现在厦门大学的人类博物馆，走进这座花岗石建筑，仍然可以寻觅到陈景润当年所住宿舍的踪影：123 号房间。那时，一间宿舍住 6 个学生，陈景润睡的是下铺。

当时，厦门大学的校长是王亚南。深耕马克思主义经济学多年的王校长，不仅是我国当代著名的马克思主义经济学家、《资本论》的译者之一，同时也是一位高瞻远瞩的领导者。在大学执教的三十多年间，他积累了丰富的办学经验和教学经验。别的不说，就说他那贯穿着马克思主义认识论与方法论的教育思想，就是我国教育理论的一份宝贵财富。1950 年 9 月，王亚南校长结合当时政经形势以及校园实际运作情况，在全校提出“端正学风加强学习”的口号，倡议全校同学“基本任务在学习”。在校长的号召之下，全校学生爱学好学蔚然成风。

可惜当时，在陈景润入学不久后，曾让父母深为担忧的事情就发生了——战争来袭，厦门陷入烽烟炮火之中。

起初，鹭岛之上只是偶尔有烽烟波及。厦大师生通力合作，在校园挖起了战壕，在敌机来袭或是防空警报作响时，老师同学们就会紧急疏散到防空洞，以躲避求安。为了保证课业的正常进行，校内的防空设备也在不断地加强与完善。然而，随着时间的推移，战况紧张程度非但没有减弱，反而愈演愈烈。

陈景润就读地厦门临近东海，当时，东海与南海的交界处位于海防前线，不断受到国民党残余部队的炮击与空袭，形势严峻。当空袭警报响起时，师生们就得紧急疏散，躲进防空战壕内，等到警报解除后方能出来。不得不中断的课堂与无可奈何的躲藏，严重影响到校内正常教学工作的开展。人文院系的师生尚且可以身无他物地进行躲藏，但理工院系还要顾及院内的仪器设备，每次躲藏都大费周章。出于备战和保护物资的考虑，政府决定将理工院搬到龙岩，理学院迁到龙岩东肖（白土），工学院则迁到龙岩城郊溪南。

1951 年 3 月，陈景润和同学们一起背上行李，挑上教学仪器设备，跟着老师的队伍向龙岩进发。路途上，除教授和少数老、弱、病人有汽车乘坐外，其他师生均自己携带轻便行李，每天需要步行数十公里。

这期间，最为艰辛的旅程就是翻越坂寮岭。那时候，坂寮岭隧道尚未建造开通，浑然天成的地势带来的是险象环生的路况。坂寮岭有一段数十公里直道下行的陡坡险弯，而在它的西侧，一片重峦叠嶂之中，还有与这条危险公路同样险恶的一条河。激流湍急而过，拍岸惊石，形成了深潭瀑布与急流险滩。在翻越坂寮岭的时候，师生们都要屏气凝息，小心翼翼，相互搭手相互支撑，才能顺利渡过。在这漫长而惊险的徒步之旅中，不少学生和老师的脚上都磨出了一个个水泡，为了不磨破水泡，大家只能一踮一踮地走路。适逢春季，气候湿润常下雨，大家的衣衫湿了还不容易干，鞋子进了水，就只能湿哒哒地继续走。寒从脚起，感冒的人也不在少数。春寒料峭，春雨连绵，交通不便，食宿粗简，这注定是一段漫长而艰难的旅程。

陈景润也是队伍中的一员，他背上系着行囊，手里拎着小藤箱，里面装的除了几件衣服，就是英语字典、笔记本、数学教材等书本。本来就不高大的身躯，还要冒雨在山路上负重前行，陈景润越发显得瘦弱。不过，他的意志可全然不似身体这般孱弱。在这蜿蜒崎岖的山路上，每走一步，陈景润都觉得自己更贴近了那些战士的军旅生活。他回想起之前福州解放的时候，自己在大街上看到的那些意气风发昂首阔步的解放军，他觉得自己也许正走着他们走过的路。一想到这里，他就觉得浑身仿佛充满了力量，能一步一个脚印继续走下去。当时理学院带队的是卢嘉锡教授，卢教授是厦门大学的副教务长兼理学院院长，他的夫人和儿子也跟随队伍迁移。当他看到年轻的学生们在行进的路上疲惫困顿了，就组织学生们一起合唱，用歌声鼓舞士气，振作精神，好继续艰难的徒步行程。

迁到龙岩后，工学院的大件仪器大多暂时安置在了城里闲置的一家医院里，理学院的仪器则被安置在城郊的东肖镇（白土）。龙岩白土之乡人杰地灵，但在当时，白土只是一个小小的集镇，位于龙岩城的西南部，距离县城有6～8公里的路程。道路较为崎岖，交通不是很方便，也没有搭建好的现成的校舍，厦大师生们只能临时借住于民房。庆幸的是，厦大师生的这一内迁工作得到了龙岩地区的大力支持，上到政府下到村民，都想尽办法为师生提供较好的学习与居住环境。白土是闽西的红色乡镇，群众的觉悟也比较高，他们主动腾出了最好的房屋民舍，以供师生住宿与学习之用。

历时将近一个月的内迁结束了，师生们终于安顿了下来，开始筹划复课办学的事宜，并按原计划于 4 月 1 日正式上课。对当地居民而言，厦大师生的到来与暂居，多少蒙着一层神秘的面纱，但很快，朝夕相处的乡村生活就让师生们和村民们打成了一片。这样的情谊直到半个多世纪后，都令曾在白土生活过的老师、同学们怀念不已，感慨万分。当地的陈德堂也叫罗陈祠堂，就是当年厦门大学理学院教师的办公所在地。理学院的老师们如田昭武、张乾二、陈景润的物理科老师吴伯僖教授以及卢嘉锡等学院领导就曾在陈德堂办公。理学院迁来之初，教室还没有改建好，所以陈德堂也是学生们暂时的教室。那时，理学院开设有生物、数理、化学、海洋四系。一、二年级的数理系合并没有拆分，因此学生既要学数学，也要学物理。

在陈德堂前面，紧挨着祠堂建起的一座一层小瓦屋，就是厦门大学理学院的学生宿舍。陈景润和班里同学就挤在里面一起睡大通铺。陈景润睡的地方，在靠边的角落那里。厦大理学院教授们的宿舍所在地，则设在乐怡堂。乐怡堂位于东肖镇溪连村。这在当时的瓦屋中，算是一幢户型稍大的房子。乐怡堂如今还住满了人，当地还有长者能指出当时教授们住的都是哪个房间。潮海楼是另一所教工宿舍，瓦屋宽敞平静，当时生物系主任汪德耀及外语系教授沙鹏就住在这里。

白土远离城区，周围是一望无际的庄稼地与农田，交通出行仅靠几部能载客的自行车。在白土生活的日子，比起厦门市区的生活，没那么丰富多样，而是多了几分简单与淳朴，对同学们而言，每日需要做的事情除了学习还是学习。虽然，这里的教学环境无法与厦门大学校区相比，不过，倒也自有一番清新淳朴的乡野气息。背靠高大巍峨的奇迈山，龙岩白土之乡绿意葱茏，空气清新。置身于大自然中，让人感觉少了很多束缚，学习起来也更加轻松惬意。

陈德堂外是一大片晒谷场，这也是白土较为广阔平坦的一片土地，那里装有简易的篮球架，成了理学院同学们打球的球场，也因此深受同学们喜爱。每天清晨，就会有同学三五聚集起来，围着球场跑跑步或打打球，锻炼身体唤醒一天的活力。不同于那些热爱运动的同学，陈景润很少打球，也不怎么跑步，他总是捧着自己带来的那本袖珍英文字典，边走边看，嘴里还念念有词。同学们虽知道他的习性，但也总忍不住打趣，会趁陈景润路过的时候招呼他：“‘爱因斯坦’，投几个球吧！”有时看书看入迷了，陈景润就会忘了回应，或者朝说话的同学微微笑一下，随后便摆摆手示意他不参加，继续去找一块更为僻静的地方坐着看书。

在龙岩白土之乡，自然优渥的生态环境不仅哺育着当地的村民，也孕育着自然界的大小生灵。每到夏天的傍晚，在夜幕降临之时，蚊虫便伺机而动，同学们平日里住的那低矮昏暗又湿热的一楼小围瓦屋，是蚊虫孳生的地方，一到傍晚，它们就在这里出没。所以，吃了晚餐后，同学们大多选择三三两两结伴，先在田野里走个几圈散散步，等时间差不多了就到简易拼凑起来的图书阅览室去自习，待到八九点再回宿舍。但从吃完晚饭到去图书馆学习，这期间其实还有一段时间，日积月累下来，那也是一笔为数不小的“时间财富”。因此，陈景润的做法便和大家的做法不太一样。他会很快地吃完饭，洗好碗，随后快步走回宿舍，在自己的床铺上裹一层被子，拧亮自己带来的手电筒，照着看书。等到阅览室开了，他再起身去阅览室，继续自己刚刚没看完的部分。那时候，村里条件没那么好，阅览室也没有电灯，看起书来不太方便，大家都是秉烛夜读。就着乡间偶尔吹来的习习凉风，烛光一点一点地跳跃着，无声地照耀着陪伴着这群用心读书的大学生。白土之乡，夜晚之下，红烛点点，这样的画面也成了村民难忘的记忆。陈景润也是构成这幅画卷的其中一景，就着微亮的烛光，他伏案做题、演算，沉浸在自己的世界里。笔下沙沙作响，心中安稳如山。陈景润总是待到快要关门了，才不紧不慢地收拾东西，离开阅览室回宿舍就寝。

陈景润爱学习向来是出了名的，在人才济济的厦大校园内尚且如此，来到这偏远的白土之乡，学生不比以往多，陈景润又总是独来独往，他的身影便更为突出。吴伯禧教授曾给陈景润所在的班级上过物理课，他对这个学生印象颇深。在教授眼里，陈景润是一个学习刻苦认真，但性格较为孤僻，和老师同学交流比较少的学生。这原本也是大家公认的事情，但渐渐的，大家发现陈景润有了一些变化。在乡间的小路上，有两个人总是一起出现，形影不离。这两个身影，一个是法国来的教数论的“洋教授”沙鹏，一个是痴迷数学寡言少语的陈景润。他们怎么会走在一起？有好奇的同学曾经跟在他们后面走了一小段路，发现这俩人的对话总掺杂着福州方言和英语口语，回来和大家一说，大家七嘴八舌，才找出了事情的原委。

原来，从法国来的沙鹏教授不太会讲普通话，讲课时说的都是英语，但他的妻子是福州人，他就从妻子那里学会了一些福州方言。碰巧的是，不论是英语还是福州话，陈景润都能说个一二。因此，俩人的交流基本上没什么阻碍。不仅在语言上能够相通，更重要的是，两人还有着相近的爱好——数论研究，所以同学们能看到二人常常一起进出，也就不足为奇了。就连进龙岩城里采购这样难得的机会，陈景润也不会去，反倒照旧和沙鹏教授相约在田间小道，散步谈天。久而久之，同学们也都见怪不怪了。只是在这样的时候，陈景润那略显苍白的面庞，总是情不自禁地流露出笑意，真诚动人。这样难得的情绪反差让同学们觉得，陈景润和沙鹏教授应该不止于一般的闲聊，而是关于学习的请教和探讨，同学们便由起初的好奇，萌生出了一些羡慕。和同学们的猜测出入不大，陈景润向沙鹏教授提了很多问题，有数论研究方面的，也有自己在学习上遇到的困惑，沙鹏教授对于陈景润的提问，总是倾囊相授，毫无保留。如果说语言相通是陈景润和沙鹏教授能够沟通交流的基础，那么他们彼此间那份坦率真诚的信任，两人对数学的那份热爱，就是这段师生关系能维持下去的重要原因和动力。此外，长期而频繁的英语交谈，也使陈景润的英文水平有了很大的提升，为他提前扫清了一些语言上会遇到的障碍，扩充了他所能阅读的文献资料的范围，这对他后来进军“哥德巴赫猜想”的研究之路，无疑起到了很大的作用。

厦大师生迁到龙岩白土不久后，王亚南校长就前来看望大家了。校长的到来令大家十分感动，在同学们心中，王亚南校长是马克思主义经济学领域的专家，也是学校建设创办的领军人物。对他们而言，光是王亚南校长这个名号，就具有榜样般的份量，所以当校长真实地站在了他们面前，对他们的生活嘘寒问暖的时候，大家都不禁为这样的关怀深深动容。

这以后每隔一段时间，王亚南校长就会来到理学院看望同学们，了解他们的学习情况。据当时也随行北迁的潘懋元教授回忆，那时理、工两学院还开设有“新民主主义”的政治课程，由潘懋元教授与王亚南校长进行授课。潘懋元教授讲新民主主义文化，王亚南校长讲总论和新民主主义经济。因为厦大外迁疏散的学生人数并不多，而且也经过了长时间的朝夕相处，校长很快就和学生们熟络起来。他基本能叫出每一个学生的名字，也知道不同的学生有怎样的习性。陈景润也正是在这段时间结识了王亚南校长，和其他同学一样，陈景润对王亚南校长充满着崇敬之情。当王亚南校长来访的时候，陈景润会在一旁静静地等待，等校长空余之时，就上前请教问题。这位认真好学又寡言少语的学生，也给校长留下了深刻的印象。这段际遇对陈景润来说可谓十分重要，当时的他不知道，眼前站着的这位风度翩翩的校长，不仅是一位颇有建树的学者与领导人，将来还会是他生命中的贵人与恩师。几年后的他，在人生遇到迷途，失业窘困的时候，正是多亏了王亚南校长雪中送炭，对他伸出援助之手，才让他有机会真正摸到了能通往数论研究之路的那块“敲门砖”，并从此坚定了自己毕生所要努力完成的志向。

1952 年 2 月底，随着厦门海防日渐巩固，战争逐渐平息，厦门大学理、工两院也奉命要迁回厦门。不知不觉，两个学院在龙岩复课办学约一年时间。在那段峥嵘岁月里，人们经过了战争的历练，转换了生活和学习的环境，在自然环境中静下心来学习，也沉住气钻研与思考。那座巍峨高耸的奇迈山下，走出了卢嘉锡、陈景润、张乾二、田昭武、林鹏、肖培根、阙端麟等七名中国科学院和工程院院士，为国家输送了一批高精尖的科研技术人才。这短短的一年，也为闽西大地，特别是龙岩白土之乡留下了不可磨灭的科学精神的印记。半个多世纪后，曾在那里有过教学和读书经历的老师同学们，回忆起当年在龙岩白土的时光，依然是满腹的感激与怀念。

不仅如此，半个世纪后，这片底蕴深厚的土地上，在当年厦大迁移学址的奇迈山下，诞生了一所闽西老区的本科大学——龙岩学院，厦大当年在闽西遗留的文脉得到了传承。人们在东肖红场的厦大旧址立起了一块石碑，石碑正面红字篆刻着“奇迈奇缘”四个大字，成为龙岩白土与厦门大学共同的不朽纪念。

幸遇恩师

除去西进龙岩的那段时间，陈景润大学的其余时光都在厦门度过。求学的生涯，有老师指导，有图书相伴。作为有着“南国最美”之称的校园，厦门大学实属名不虚传。宽阔的大道旁是一幢幢红砖砌起的楼房，一丝不苟的黑色边线攀附其上，纵横排列之间，印制在红砖楼房的外壁，使建筑不同于中式建筑的古朴庄重，而多了几分西式洋房的味道。不止如此，嘉庚建筑还因地制宜，采用闽南地区特有的马鞍脊、黄屋脊与中国传统建筑的歇山顶、重檐歇山顶，嫁接于西洋建筑的楼体之上，为屋面曲线增添了几分灵动感，活泼明朗的气息俨然而生。置身于美丽宜人的校园之中，即使心无旁骛的陈景润，也会不自觉面捎笑意，走路带风似的轻巧起来。

在校园里，陈景润总是穿一身黑色的中山装，戴着一顶黑色的布帽。学习仍是他最为上心的事情。节假日里，同学们往往会约上朋友一起出门踏青或旅游。可无论是需要乘车前往的集美镇，还是需要坐轮渡前往的海上明珠鼓浪屿，甚至就连离厦门大学近在咫尺的南普陀、五老峰，陈景润都未曾去过，也没有留下什么与旅游有关的照片做纪念。就连从学校到市区，年轻人步行20分钟就能到的地方，他也很少踏足，实在有什么需要的东西，就拜托要去市区的同学顺道采购一下。在校园内，陈景润的行走路线不外乎是在“宿舍—食堂—教室—阅览室”之间往复。自从陈景润就读数理系以来，数学书籍就成了他不离手不离身的宝贝。然而，很多数学专著都是大部头书籍，书本往往厚重而且分量十足。为了更方便随身携带，陈景润用上了他独特的“化整为零”阅读法。他会把一本书沿着书的装订线进行拆分，分成一页一页，然后按页码顺序排列，再加以折叠整理，这样就能随身携带。看完的那页，陈景润会按照原先的页码顺序夹回书内，方便以后能继续翻阅与查找。这样“拆书”式的阅读习惯，甚至延续到了陈景润的晚年生活。在陈景润看来，读书不仅要满足于读懂，还要能把它记熟，做到烂熟于心，这样要运用的时候，才能信手拈来，一挥而就。

这是陈景润在阅读方面下的功夫，除此之外，他也很注重做题。课本上的习题，同学们往往完成的都是老师布置的部分，陈景润不一样，他除了会完成既定的作业，也不放过书本上的例题练习。为了得出正确的结果，他往往需要不厌其烦地反复计算。题量的增加，意味着做题需要花更多的时间。但也正如陈景润自己所说：“时间是个常数，花掉一天等于浪费 24 小时。”要想在固定的时间常量里，做比常人更多的事情，那就意味着必须有所取舍，有所轻重，陈景润可谓深谙此道。他善于对碎片化时间进行效率上的转化，日常生活的吃穿住行也被他调整为“精简”模式。洗碗的时候，他会用很快的速度冲洗碗筷。脱下来的衣服他会一起囤在桶里，等待时机一起清洗。洗衣服的时候，他往往是在盆里浸水泡一泡，揉一揉，再用水冲洗一下，就当洗过了，再拿去晾晒。在他黑色布衣的口袋里，总搁着一支笔和几张纸片，方便随时拿出来写写画画。在食堂排队、集体开会的时候，其他同学都靠聊天逗乐打发时间，陈景润则默默地拿出他的纸和笔，遁入自己的数学世界。夜深人静的时候，陈景润也不甘闲着，他自己准备了一把手电筒，用来照明。虽然，当时厦门大学还没有执行严格的熄灯制度，宿舍的同学可以自行决定就寝时间，但为了不影响到舍友的休息，到了深夜，陈景润就会窝在被子里，用手电筒照明读书。一枚小小的手电筒，照着书本，也照着陈景润求学的悠长小径。这条小径不乏清冷寂寞，但沿路走下去，通往的是那一片令他心向往之的数学天地。那片天地自由而辽阔，也充满着未知与疑惑。

陈景润虽然喜欢做题，但他并非痴迷于题海战术，更不是只知道下苦功夫使蛮力。相反，他很喜欢思考与提问，也敢于质疑权威。即使是数学上公认的某些公式，他也带着审视的目光尝试验证。

一次课间，周围的同学都在谈天说笑，唯独陈景润依旧伏案钻研着数学习题，沉浸在他的数学世界里。上堂课老师教授的知识点并不难，也没有留什么作业，有同学便好奇地凑上前去，问陈景润研究的是什么题目。陈景润用手扶了扶眼镜，不紧不慢地表示，自己在研究关于三角形的一条定理——两边之和大于第三边。他试图证明“三角形两边之和不一定大于第三边”。提问的同学听了，觉得不可思议。周围的同学听到了，感到难以置信——同在一个教室念书，陈景润竟想要对数学界的既定公理进行验证甚至是反驳。紧接着，他们便笑称陈景润是厦大的“爱因斯坦”。有了之前在英华中学被同学们叫作“Booker”的经历，陈景润对被起新的外号也没什么更多的感受，还是继续专心地做着自己的事情。但自那以后，“爱因斯坦”的外号便在厦大数学系传开了，大家都知道数学系有个爱钻研爱思考数学的同学。诚然，“厦大爱因斯坦”也只是同学们的调侃与戏称，但陈景润爱提问、爱探究的特点，倒与大科学家爱因斯坦颇为相似。冰冻三尺，水滴石穿，皆非一日之功。当时的陈景润，虽然没有证明“三角形两边之和不一定大于第三边”或推翻“三角形两边之和一定大于第三边”的定理，但这次的尝试也为他以后的探究埋下了伏笔，给了他不小的启发。几年后，他在《数学学报》发表的名为《某种三角和的估值》的论文，很难说不与这一次次的钻研与努力有关。

陈景润不仅爱钻研爱提问，他在学习上的忘我程度，在当年的厦门大学也是出了名的。厦门靠海，季风从太平洋吹来，常为厦门带来短暂而丰沛的降水。一天午后，同学们都刚用完餐没多久，天气说变就变，从艳阳高照转成了阴云密布，不一会儿就下起了瓢泼大雨。还在回宿舍路上的同学们有伞的撑伞，没伞的都纷纷跑了起来。只有陈景润对此无动于衷，不紧不慢地走着，一直走到下一个屋檐下才停了下来。大家都对陈景润这样的举动感到疑惑，同学杨锡安问出了大家的心声：“你方才怎么不躲雨?”直到那一刻，一门心思都在想问题的陈景润才反应过来，原来自己刚刚忘记了躲雨。对数学痴迷到如此地步，让同学们大呼不可思议。无独有偶，还有一回，陈景润照例边走路边思考问题，一开始思考，他就无法注意到别的事情。一不留神，陈景润就撞到了树上，头上留下了红红的印子。陈景润愣了一愣，就继续低着头，连连道歉："对不起！对不起！"看着对树道歉的陈景润，路人也都啼笑皆非。

忘记躲雨，沉思撞树，虽然这些趣闻令人印象深刻，但都属于偶发性事件，并不会经常上演。不过，像吃食穿衣、洗脸刷牙这些每日必做的事情，落到陈景润身上，也变得有些与众不同。对陈景润而言，这些日常程式化的事情，一点都不重要。他最重要的事情，一定是数学。他也因此养成了一些不太好的生活习惯，比如因为学习痴迷忘了洗脸，漏了刷牙。据说，1952 年陈景润所在的数学系开展思想改造运动时，陈景润对大家的保证是：自己会每天刷牙、洗脸。这点还在全校传开了，成了大家茶余饭后的谈资。当然，笑谈归笑谈，养成良好的生活习惯，还是很有必要的。懂得很多数学原理的陈景润，却偏偏忘了重视这简单的生活道理。长期苦行僧式的学习与不规律饮食，使得陈景润原本就缺乏营养的身体亮起了红灯。在数学系就读的几年里，感冒、发烧是陈景润常有的事，他不喜欢去医务室，也不会主动去开药，当他不舒服的时候，就索性用棉被裹住自己的身体，侧躺着看书，等汗捂出来了再多喝些水。待不舒服的感觉有所好转了，他就撇开被子继续看书。

书山有路勤为径，学海无涯苦作舟。学习宛若一片汪洋的大海，浩瀚而深沉，如若没有方向，再勤劳下工夫，也只能是漫无目的游走。庆幸的是，在数学系就读的三年，陈景润遇到了很好的老师，他们就像码头上高高伫立的灯塔，照着他迎风破浪，在迷雾中前行。

方德植老师是陈景润上大学时遇到的第一位数学导师，也是当时的数理系系主任。1952 年全国学系改革，厦大数理分系。在陈景润入学的那一年，方德植刚好担任厦大数学系首任系主任。起初，方德植老师为系里的同学们开设"高等微积分""高等几何""微分几何"等基础课程。他常告诫数学系的同学们："勤做题很重要，但必须牢记两条：一是要加强对书本中基本概念和定理的理解；二是要训练运算技巧和逻辑推理。要想学好数学，两者缺一不可。”虽然教过那么多学生，但对陈景润这样的学生，方德植老师仍然印象深刻。他曾以“家境贫困而又醉心学业”十个字，对陈景润大学的学习和生活进行评价。

陈景润也深受方德植老师教诲的影响。大一上“微积分”课程的时候，方德植老师不仅要求同学们对课堂上的知识要尽量当堂掌握，而且对同学们在基本理论等方面的要求也比较高。温故而知新，为了让同学们能尽快巩固学过的知识，为今后的数学研究打下扎实的基础，方德植老师会布置课后作业题，并收上来批改。有好几次批改作业的时候，方德植老师发现收上来的作业里，总夹着几片长短不一的纸张，有的还明显地留有被撕过的痕迹。当然，作业用纸还不算什么大问题，可以统一和规范，更大的问题在于这几张参差不齐的纸片上，答案总是过于简省，只有三四行字，简略得像习题教辅书列出来的参考答案。对这样的作业，方德植老师无法知道学生是否真的掌握了运算技巧，以及是否具有清晰的推理逻辑。一次两次是这样，到了第三次，这样的作业还是出现，方德植老师便亲自找了作业的主人——陈景润面谈。当陈景润明白老师的来意后，一时有些手足无措，没想到自己喜爱的数学，会因为作业完成得不够规范而被老师约谈，陈景润慌忙从宿舍抽屉掏出皱皱巴巴叠在一起的草稿纸，上面密密麻麻地写着不同题目的演算过程。看过草稿，老师悬着的心也总算放了下来，他能看出来，陈景润的逻辑还是清晰严谨的，不是模仿或借鉴他人。但同时，老师也对陈景润郑重强调，以后的作业要一并认真对待，不能写得过分简便，遗漏关键性的步骤。陈景润连声应好。

然而，知易行难。良好的习惯并不是一朝一夕的工夫就能养成的，而是要一步步引导，需要一定的时间方能校正。大二学习“高等微积分”的时候，陈奕培老师也因为书写与卷面规范的问题找上了陈景润。为了证明自己确实具备相应的运算逻辑，掌握了运算方法与技巧，陈景润在老师面前进行做题并当场交卷检阅。对于当场交出的答卷，陈奕培老师检验过后，对卷子的正确率表示了肯定。随后，陈奕培老师沉思一会，在原先那份考卷上打出 98 分的成绩，鲜红耀眼。当陈景润想要提出疑问的时候，陈老师抬手示意他先不要提问。接着，陈老师语重心长地对他说：“你的答案都对，我本来可以给你打满分，但答题过程不够清楚，让你的答案缺少了一些依据。如果今天不是我来找你，那么你的卷子可能不及格了，这次就先扣2分，让你长个教训。”人们常说瑕不掩瑜，面对一张98分的考卷，换了别的同学，或许早就为这样一份高分答卷欣喜不已了，但对于陈景润而言，那没有拿到的2分，才是令他更为留意与关切的地方。那次考试的教训，连同大一的作业约谈，让陈景润一齐铭记于心，他也更意识到了细节的重要性。

如果说，方德植老师教的内容主要是数学理论的基础，那么李文清老师教的内容便主要是眼界和格局。

李文清老师有过长达10年的大学生活经历。他先在燕京大学读了三年，后转入北京大学。后来，在校友的帮助下，李文清赴日留学。在燕大与北大学习期间，老师对学术的严谨态度，给了李文清很深的印象。而日本学者的教导则使李文清意识到，学数学不仅要打好基础，还要对某些领域有所深入，才能有所作为。1950年5月，李文清应邀回国，在厦门大学担任数学系的副教授，主要教代数、数论、实函数等课程。学术经历丰富的李文清老师，在授课时也常常带入世界眼光，旁征博引，侃侃而谈。李文清老师的授课与教学，令陈景润印象深刻，受他的影响，陈景润在数学方面也颇有进益。几年后，当陈景润调回厦门大学数学系工作时，还曾请教过李文清老师要读什么书，而李文清老师的推荐，在很大程度上为陈景润的研究指明了方向。在陈景润的数学生命中，李文清老师无疑扮演着十分重要的角色。

李文清老师曾经给学生们讲过印度数学家拉曼纽扬的故事：在19世纪末20世纪初，西方的学者对东方的学者大多带着一种鄙夷的态度，“西方智慧优越于东方智慧”的观念也在大肆传播。那时，年轻的拉曼纽扬没受过正规的高等数学教育，在一个税务机关找了份职员的工作。虽然大环境对他这样平平无名的东方面孔并不友好，但拉曼纽扬并没有因此气馁而一蹶不振，相反，沉迷数论学习的他憋了一口不服输的气，挤出时间钻研自己热爱的数学，想要为东方民族赢得尊重与荣誉。拉曼纽扬对与π、质数等数学常数相关的求和公式尤为上心，他常常随身携带一本数学书，有空就加以演算。后来，拉曼纽扬从自己演算过的习题中，挑了120道寄给当时英国著名的数学家哈代。正是从这些习题中，哈代感受到了拉曼纽扬的数学天赋与智力，并惊艳于这张东方面孔所具备的才华——能快速并深刻地看出复杂的数之间的关系。就这样，拉曼纽扬为世界展现了来自东方的古老智慧，那些拉曼纽扬没有留下证明的公式，在他去世后，引发了后人的大量研究。

时移岁迁，拉曼纽扬的时代已经过去了相当长一段时间，但拉曼纽扬身上那种不服输敢于挑战的精神，对陈景润却有着不小的启发。联想到自己脚下所站立的土地，曾经也遭受过重创，也承受过来自异邦的鄙夷与屈辱，陈景润也想要尽己所能，为这片土地做些什么。

身体力行，强于纸上谈兵。数学系大学生陈景润力所能及的事情，便是对数学领域的探究与钻研。一次数论课上，李文清老师给学生们介绍数论史时，提到了高木贞治教授所著《初等数论》，并对其中所列举的“数论史上三大未解难题”展开讲解。三大难题分别是：费马问题、孪生素数问题和哥德巴赫猜想。李文清老师面带笑意地看着座位上的学生们说：“这三个问题都是数论史上的遗珠，谁要是能解决其中的一个问题，对数学就有历史性的贡献啊！”这也是陈景润再一次听到有老师提及“哥德巴赫猜想”，和几年前沈元老师的课堂一样，依旧有同学在一旁哄笑，带着或玩笑或调侃的语调。陈景润没有笑，他的耳朵就像一个小型黑洞，把每个字都听了进去，随后大脑陷入了沉思。虽然还没真正涉及“哥德巴赫猜想”的研究，但李文清老师的那一番话，无疑是对陈景润心中那颗早已埋下的种子的又一次呼唤。

张鸣镛老师也是教过陈景润的老师之一，他常对学生说：“作为一个数学工作者，在学习中要勤思考，多探索，不迷信权威，不盲从定理。如果能找到一条反例把前人的结论推翻，那也是学术界的一大成果。”张鸣镛老师自己就是这么做的。他在多重解析函数、多重调和势位和多重调和张量等领域都有着不菲的成果。1955 年张鸣镛老师在函数论方面的一项研究成果，被命名为“张鸣镛常数”。陈景润曾向张鸣镛老师探讨过许多问题，在老师的指导之下，陈景润在数论的研究思路与探究方法上都有所进步。有缘的是，几年后，当陈景润重返厦门大学兼任系里助教的时候，辅助的正是张鸣镛老师，曾经的师生也得以再续前缘。陈景润后来写出的关于“塔利问题”的数学论文，张鸣镛老师也是审定的老师之一。对于陈景润研究生涯的发展与进步，张鸣镛无疑起着引路与解惑的重要作用。

一边是恩师提携相助，一边是自己发奋图强。在厦大的三年学习里，陈景润的运算技巧和逻辑思维都得到了很好的锻炼，数学的基础知识与理论，他也掌握得较为牢固。

升学与毕业是年年都有的事情，但陈景润这届却有所不同。为了响应国家建设的号召，让高学历人才能尽早投入研究领域与工作岗位，陈景润这一届学生需要提前一年毕业，即大学采取三年制。虽然就读的年限有所缩短，但需要学习的课程量并没有因此减少。陈景润所在的院系不仅对专业学科的基础学习有着十分严格的要求，还很重视学生对外文的学习。三年级的课程中，有的已经直接采用了外文课本，并且要求学生至少要掌握能读一门外文专业书籍的能力。陈景润的英文水平向来不错，大学三年来也一直重视，没有落下学习，对英文书籍文献的阅读可以说没有太多障碍。同时，他还涉猎了俄语的学习，并有了初步的掌握。天道酬勤，在忙碌和充实中，陈景润也收获了喜人的成果——他以优异的成绩在厦门大学顺利毕业。

岁月扬尘似沙，日月窗间过马。转眼间，大学在校的光景已是一去不复返。生活是一场一镜到底的大戏，没有彩排没有录播，充满着未知的可能，也暗含着预设的伏笔。凡所付出，功不唐捐。迈出的每一步，在未来都作数。陈景润在厦大三年沉稳而安静的日子，就是他为未来的数学研究之路迈出的一个又一个铿锵而有力的步伐而做的铺垫。

第四章

失业迷途再寻志

教书碰壁

为响应国家发展建设的需要，1953 年 9 月，陈景润所在的班级提前一年毕业，同学杨钧安和李秋秀留在了福建高校任教，陈景润则被分配至北京四中就职。

得知这一消息，家人都沉浸在喜悦之中。尤其是陈景润的父亲陈元俊，听说儿子能到北京工作，还是做人民教师，更是喜笑颜开，逢人便忍不住讲讲。陈景润也喜不自胜，想到自己不久就能有工资补贴家用，为家里分担经济压力，他的胸膛也更加硬挺起来。

陈景润所要任教的北京四中位于北京市西城区西，建校于 1907 年，起初定名为“顺天中学堂”，自 1949 年改名为“北京市第四中学”。怀着满腔期待，背负着家人的希冀，陈景润北上赴京。然而，令陈景润没想到的是，气候和环境将是他要面对的第一道坎。作为一名土生土长的南方人，陈景润自小在湿润多雨、光照宜人的环境中长大。北方的气候与南方大不相同，更别说陈景润到的时候正值秋季，气候更是非常干燥，每天都要喝大量的水才能有所缓和。再加上当地早晚温差也大，稍微有个不注意，就容易感冒发热。初来乍到的陈景润，对北京的气候、水土很不适应，身体常发出警告的信号。好在人体具有一定的自我调节能力，因水土不服产生的身体不适，经过一段时间后便能有所缓解。对陈景润而言，他所面临的更大困难是如何扮演好一名数学老师的角色。如人饮水，冷暖自知。这一份令旁人艳羡的教师工作，对于当时缺乏经验的陈景润而言，却是难上加难，他难以享受自如，也无法甘之如饴。

听说陈景润是从厦门大学毕业的数学高材生，大家都十分好奇，想知道他到底会怎么上课，用什么样的方法给学生传授知识。大家都对他充满期待，陈景润自己却犯了难。常言道："由俭入奢易，由奢入俭难。"这句俗语在学习领域也依然适用。论专业素养和知识储备量，陈景润是远远超过了中学生。且不说他是厦大数学系的高材生，掌握了扎实的数论知识，接触了学界的前沿研究成果，就说他当年上中学的时候，也已经自学接触了微积分等高等数学知识。但是，如何将储备的数学知识与中学课本进行融合，再深入浅出地教给课堂上的学生们，这对陈景润而言，可比数学题难解得多。因此，令他苦恼的不是教材上的知识点，而正好是大家都关注的教学方法。

虽然不懂的地方有很多，也不知道该从何下手，但陈景润坚信"勤能补拙"的道理，在正式上课前，他的备课笔记和预备教案总是写得满满当当，一堂教学计划里塞进了满满的知识点。在要上课的前一个晚上，陈景润常常紧张得睡不着觉，他既害怕自己讲得不好，也担心误了学生们的学习。睡不着的时候，他就从枕头底下抽出自己之前做的备课笔记，把那已经翻得卷了边的纸张，在手里倒来倒去地看，直等到有困意了再放下。

然而，纸上谈兵总为虚，埋头做事方为实。真到上课的一天，陈景润才发现，原来自己把当老师这件事，想得太简单了。

当打开门走进教室，数十个学生的面庞突然出现在陈景润眼中的那一刻，他就像一只被踩了尾巴的猫，惊慌和紧张的情绪迅速在血液中游走，令他慌张不已。但作为一名老师，他不能逃离。他只好壮了壮胆子，拿着书本带着粉笔，鼓起勇气走向了讲台。当他站上讲台，同学们便在班长的号令下齐刷刷起立，对着陈景润弯腰鞠躬，接着鼓掌表示欢迎。这样每日例行的课堂礼仪规范，却实打实地吓到了陈景润，他愣在原地，不知该作何回应。等到掌声平息了，他的大脑还是一片空白，垂在腿边的双手也止不住地颤抖。见新来的数学老师站在原地发愣，尚处于青春期的学生们忍不住躁动起来，他们交头接耳，等待着新老师的反应。如此一来，陈景润更不知如何是好了，还好班长、学习委员协助管起了纪律，同学们才渐渐安静了下来。几次深呼吸后，陈景润紧张的情绪也有所缓解，他带领大家打开书，开始上数学课。

然而，陈景润之前为课堂做的准备，已被同学们的起立问候“吓”得所剩无几，他只能凭借脑海中仅剩的记忆，勉强拼凑出一条还能理顺的讲课逻辑。只是，缺了一张能言善辩、当堂说课的嘴，即便陈景润具有极高的数学才能，一到课堂上也难免成了“巧妇难为无米之炊”。陈景润不知如何是好，不善多言的他便转而用上了自己习惯的方式——书写，来进行课堂教学。他把知识点言简意赅地论述完后，便让同学们开始做习题，同时自己在黑板上开始板书。同一道题，他能列出多种解题步骤。长期沉浸于自己数学天地的陈景润，已经形成了一套“陈景润式”的思想体系。演算入迷的时候，他下笔如同行云流水一气呵成，甚至都没意识到，自己所运用的数学方法有些已经超纲了。底下听课的中学生远没有陈景润这样的演算功力，也还不具备这样的理解能力。

“陈老师，这一步是为什么呢?”第三组中间的女生高高地举起了手。

“同学好，说的是这里吗?”陈景润略略低头，在一黑板的板书中寻找可能有问题的地方。

“陈老师，你的板书写得太跳了，我们看不懂。”

“陈老师，你能不能写一步讲解一下?”

见到有人提问，班里的同学们都七嘴八舌地问开了。

同学们一波未平一波又起的提问，在陈景润看来，就像有几锅差不多时间一起煮沸的水，他管不过来，不知道应该先揭开哪个锅的盖子，也不知道该先回答谁的问题。

“叮铃铃”，下课铃声就像一场雨，浇灭了孩子们一茬接一茬的提问热情，也让陈景润的头脑有所清醒。作为一名立志不拖课的数学老师，陈景润答应同学们下堂课会把知识点再过一遍后，便让同学们下课休息。

熟能生巧，接下来的课堂，比起首堂课而言是好了很多，但离真正意义上的好课堂还有着不小的距离。陈景润自己并不满意，孩子们更是不会骗人，他们对于课堂的感受都如实地写在了脸上。如果孩子们的眼神充满求知的欲望，那对老师而言，无疑是一种显而易见的“催化剂”，能让老师更有授课的动力与讲课的激情。可如果孩子们眼中的求知欲望降低，变成疑惑，或是掺杂了其他情绪，那么对于老师而言，就是一场赤裸裸的打击。令人叹惋的是，在陈景润的课堂上，他时不时就会在学生的脸上看到这样的表情。因此，他上数学课的时候，更多感受到的不是动力与鼓励，而是害怕与紧张，有好几次课堂都在仓皇中宣告结束。课堂一结束，先前还坐姿端正的同学们，就像一弓已经射出箭的弦，一下就变得放松下来。同学们开始你一句我一句地说说笑笑，有的还下座位追逐打闹。对于教室里这样生机而热闹的场景，陈景润并不陌生，儿时的他就置身于其中，只不过很多时候，他为这热闹的氛围增添的是一抹安静的色调。他又回想起来，自己高中的时候，还能因为对书本的知识信手拈来，而被大家戏称为“Booker”——可以当书来用的人，而现在的他，甚至无法像他高中那样，能将书上的内容倒背如流，并且面对同学们的提问游刃有余，比如一下子就能告诉同学，公式在第几页，相应的例题又在书本的哪个位置。想到这里，陈景润的心情更添了几分郁闷。他拿上书本，慢慢地走出了教室。

其实，对于任何一位老师而言，教学都是现场讲说，考验着一名老师的表达能力与临场反应能力。即便是资历丰富的老师，也会面临突发状况与问题，需要他们进行处理。陈景润作为一名刚上任的老师，会碰到各种各样的问题并不足为奇。

“闻道有先后，术业有专攻。”这种时候，要是能得到前辈与同行的一些指点，或许就能让陈景润多少明白一些教学技巧，很多难题也会就此迎刃而解。可惜的是，学生时代的陈景润就不是一个善于言谈、善于和同学打交道的人。到毕业了，走上工作岗位，当老师们聚在办公室说起自己班上学生，聊得热火朝天的时候，陈景润就在自己座位上安安静静地看书，或者是批改作业。当上级组织开会的时候，在讨论环节，大家都能畅所欲言，表达自己的观点，陈景润却默默地在一旁做着记录。在旁人看来，陈景润这位从厦门大学毕业的高材生，就是一个略显木讷的人，他好像没什么要说的，也没什么想要了解的，沉浸在自己的世界里。久而久之，大家先前对陈景润充满好奇，欲一探究竟的心情也慢慢淡了下来，和陈景润之间的相处，也不过是公事公办。即使“木讷”的陈景润，也能感觉到大家态度的变化。一方面，他为自己不再那么受关注而松了一口气，另一方面，他也感觉有些郁闷。内心是热情的陈景润，其实喜欢帮助别人，只是不善言辞，羞于表达，也比较少主动地和旁人分享自己遇到的困难与内心的疑惑。在不知不觉中，他疏远了与同事之间的关系。陈景润满腹话语却不知如何说出口，内在思绪澎湃却无处释怀，心中便又添了几份愁闷。

一向不太懂得照顾自己的陈景润，来北京工作生活也不注意补充营养，再加上工作的压力与心理的重担，积郁成疾，身体发出了警报。有一次，陈景润发高烧被送往校医院。医生一检查，发现陈景润竟患上了肺结核和腹膜结核症两项病症，需要药物调理，更要注意休息。教书工作推进尚且缓慢，身体又出现了问题，这可一时间愁坏了陈景润。学校得知情况后，考虑到陈景润的身体与他教学工作的表现，决定减轻他的教学任务量，让他转而以批改作业、批改试卷为主要工作。工作内容的调整，使陈景润相当于从“台前”转到了“幕后”，他肩上的重担也轻省了些。从那以后，陈景润办公桌上每天都摞着成堆的作业等待批改，遇到考试周，还会有成卷的试卷叠在上方。对待这项工作，陈景润显得格外认真与严谨。深受之前厦门大学方德植老师、陈奕培老师的影响，陈景润对作业、试卷的批改很是细致。他并不仅仅只看最后的结果，还仔细地核对同学们每一道题的演算步骤。对那些结果正确，但过程有写错或遗漏的同学，陈景润都会在一旁进行标红。不仅对作业和试卷的书面内容很认真，就连作业本的摆放和分类，陈景润都有自己的规矩和章法可循。在他的桌面上，改完和没改完的作业总会分成两大摞，他还会依照组别的不同把两大摞分成几个小叠，方便同学们发放作业。改完作业，若是还有空余的时间，他也不闲着，抓紧时间投入自己感兴趣的数论研究，常常一坐就是一下午。周围的同事看到了，虽然觉得他把功夫都用在做研究上的行为有失妥当，但碍于陈景润的身体原因，也不好说些什么。

近在咫尺的同事不好给出建议，但相隔千里的王亚南校长，却是对自己带过的这位勤奋努力的学生印象颇深，且有所担忧。据说王校长到北京开人民代表大会，还专门拜访了北京四中的校长，向他询问陈景润的工作情况。“唉……你们学校出来的陈景润，他数学好是好，但讲课效果不好，学生反映进度跟不上，课堂听不太懂。我们就让他主要批改作业了，空余的时候，他就埋头做自己的事情，也不怎么同大伙儿打交道。”在北京四中校长口中，王亚南校长得知了陈景润的近况，也意识到自己担忧的事情多少还是发生了。他找到陈景润，语重心长地嘱咐道：“景润啊，你现阶段的工作是教书育人，而不是科研学术，要先安心做好本职工作。”陈景润将校长的话听了进去，后来的日子，他减少了埋头钻研的时间，更加用心地批改作业，做备课笔记。

对于工作内容，陈景润自己尚能把控与调度，但对于身体状况，他却无法自行安排。渐渐地，办公室有时候一天都看不见陈景润的身影，他总是在医院、校舍、办公室之间辗转奔波。多年后，陈景润在《我的心里话》中自述：“在北京工作的一年内，因为患上肺结核和腹膜结核症，累计住院了 6 次，手术了 3 次。”身体因病症所受的痛苦，也影响折磨着他的意志。那段日子，陈景润常常一睁眼，望见的就是头顶上那扇天花板，白茫茫的一片，单调至极。

躺在病床上的时候，陈景润脑海中浮现出了很多往事。他想起自己的母亲潘玉婵，为一家人的生计操劳奔波，没真正享受过几天清福，却因为患上肺结核而撒手人寰。陈景润开始感到害怕，担心自己也会像当年的母亲一样，身体因为肺结核而彻底垮掉。害怕的情绪像日暮时昏暗的光线，在陈景润心底一点一点蔓延开来。除了这些，陈景润偶尔也会回想，自己生命中有过的那些温暖的瞬间，母亲的身影，便总是在他的脑海中浮现。每当陈景润被病痛折磨得疼痛难捱，眼冒金星之时，母亲那和蔼温柔的声音仿佛就近在耳边：“九哥，坚持住。”“九哥爱学习，要让九哥有学上有书读。”……想到这些，陈景润的心里仍是止不住的感动，那样的情感仿佛一股股暖流，在岩层中汇集，蓄势待发后喷薄而出，将天边原先弥散的黑暗一并消融。橘黄的光辉又重新普照大地，令他内心生出阳光向上的暖意。陈景润坚定了想法，要把身体养好，再继续投身工作与数学研究，不辜负母亲对他的殷切期望。重新打起精神的陈景润，努力配合着医院的治疗方案，也调整了自己看书学习与睡眠休息的时间，尽量保证自己每天都有比较充足的休息。之后一段时间，他的病况也有所稳定，不再像之前那般频繁波动。

然而，计划赶不上变化。陈景润身体上的突发状况，也令学校始料未及。起初，校方调整减轻了陈景润的教学工作量。后来，校方为患肺结核需要休养和手术的陈景润申报了请假休息的报告，并支付了一定的医药费。但肺结核是一场慢性病，需要长时间的休养与调理，才能让身体有所好转。学校层面能审批给陈景润的养病的假期是有限的，一直让别的老师给陈景润代课，也不是长久之计。陈景润理解学校的难处，他也询问过学校，自己能否申请转换岗位，但学校并没有什么空余的差事需要人手，也没有什么需要进行人事调动的岗位，陈景润便无法转岗换岗。就这么僵持了一段时间后，学校再三考虑之下，提出了辞退陈景润的想法。迫于身体与精神的双重压迫，陈景润也萌生了辞别的想法。他虽然无奈，但也只好接受命运的安排。

就这样，在北京待了一年的陈景润，背上行囊，提前踏上了返乡的路途。临走前，他望了望北京四中的校门，想起了那些日子，他在课堂上的手足无措，台下那些充满求知的眼神，孩子们年轻稚嫩的面庞……陈景润的心中既有歉疚，也有不舍，歉疚的是自己表现并不好，没有很好地把知识教给孩子们；不舍的是经过这么多天的相处，自己其实已经对孩子们有了特殊的感情。那一刻，陈景润突然很想念班上的同学们，他希望孩子们都能有强健的体魄，未来能好好学习，天天向上，做个对国家对社会都有贡献的人。

列车开动的时候，陈景润望向窗外，窗外的风景和他来的时候没什么两样，然而他的心境，却早已今非昔比。北上赴京的时候，陈景润怀揣希望，满心欢喜，等到如今要归去了，他却不知道自己未来该何去何从，也不知道自己到底适合做什么。那连脉的山峦，笔挺的白桦树，就在他的视线中不断远去，渐渐模糊……

然而，正如古语所言："塞翁失马，焉知非福。"工作上遇到的阻碍只是一时的，不顺心的事情都会过去。古来能成大事者，必经一番寒彻骨，方有云开雾散日，迎来梅花扑鼻香。

街头摆摊

陈景润回福州，这是家里人谁都没有想到的事情。看着陈景润难过失意的样子，大家也不好追问什么，只能透过他的一些只言片语，模糊拼凑着事情的原委。

"景润，今后有什么打算?"父亲陈元俊眉头紧锁。看着自己寄予厚望的孩子在外头受了挫折回家，成了无业之人，陈元俊很是心疼。

陈景润正背对着父亲，在收拾整理他从北京带回来的行李，除了日常生活用品外，剩下的就是各类数学书籍，在地上摞成一座小山。

"还没想好……不过，我想继续做数学研究。"迟疑片刻，陈景润小声说道。

"好。你自己要想清楚。"父亲陈元俊缓缓开口，声音从陈景润的背后传来。

"嗯。阿爹，我先进去了。"端起地上垒好的书，陈景润略有些吃力地走向房间。

或许是书本太多太重了，或许是陈景润的身体瘦弱，他走起路来颤颤巍巍，但每一步却都踏在了父亲陈元俊的心上。父亲陈元俊的内心五味杂陈，有欣慰，但更多的是懊悔和心疼。他欣慰的是，儿子陈景润能有一项坚持和热爱的事情。懊悔的是，自己没多教他一些生活上的技能，导致他在待人处事上不懂怎么处理，经常吃闷亏。一想到儿子本可以过得更好，但在现实生活里却被一些自己不擅长的事情所拖累，陈元俊就感到无比心疼。

“你啊，别想那么多了，儿孙自有儿孙福。”听见陈元俊的叹气，妻子林秀清走了过来，拍拍丈夫的肩膀。

“子不教，到底是父之过啊！”陈元俊对儿子陈景润谋生技能的缺失，还是耿耿于怀。

“瞧你说的。九哥这孩子，虽然不是我亲生的，但我看到的九哥从小就安静又懂事，在学习方面不用大人操心，也会做些家务，只是对社交、谋生计这方面不太擅长，但他年轻，还有的是学习和锻炼的机会。”妻子林秀清宽慰着陈元俊。

“是啊，你说得也有道理。他还年轻，还能锻炼。”陈元俊紧蹙的眉毛有所舒缓。

“不过，那该怎么锻炼呢？”陈元俊又有了新的问题。

“嗯……”妻子林秀清环顾一圈，四下打量着家里，想着家里有什么可以让陈景润帮活的地方。她看到门后掩着的扁担、麻绳、粗布，灵机一动，想出了法子。

“有了。不然，就让九哥跟我一起上街出摊？这样一来能给他找点学习以外的事情做，让他有所锻炼，二来出摊有收入的话，也能贴补一些家用。”

“摆摊？这……九哥会答应吗？”陈元俊被这样的想法吓了一跳，感到十分意外。

妻子林秀清也拿不定主意，最后他们决定和陈景润一起商量，问问他的想法。

让两人没想到的是，陈景润没怎么犹豫，就答应了这件事情。原来，对自己被请退回家，不能继续贴补家用这件事，陈景润一直都有些歉疚，他想继续做些力所能及的事情，继续为家里增加收入，减轻经济负担，而不是给家里增添压力。他还搬出自己的几摞书，兴致勃勃地表示除了摆香烟摊，也可以摆些旧书在地摊上，旧书卖出去，兴许也能换一些钱。听到陈景润这样体贴的回答，父亲陈元俊和母亲林秀清在意外之余，也很是欣慰和感动。他们轮番对陈景润嘱咐着一些需要注意的事情，陈景润也一一记在了心上。

就这样，抱着试一试的心态，陈景润开始了他的摆摊生活。那时候，正处于国民经济的恢复发展时期，人们的消费水平也相应地有所提升。放眼望去，街道上店铺林立，人头攒动。

陈景润的摊位就设在一条巷道里，巷道两旁是居民的房屋，由红砖砌起墙面，嵌着木制的门，门板被推开的时候总是咿呀作响。巷道前方不远处就通向街道，人们行色匆匆，来来往往。陈景润找了一处较为干净整洁的地方，铺开粗布，在上面摆上香烟，把书本一字排开，就开始当天的营生。巷道虽然狭窄，但也总有人来来往往，停停走走。刚开始的时候，陈景润还不太适应，一有人经过，他就忍不住低头，等路人走过了，他才舒了一口气，继续看着自己的摊位。待了一段时间后，陈景润慢慢适应了展示货物的工作以及充当被观看的角色，他不再那么躲闪，也开始对身边的环境观察起来，看小巷里走过的人，看光影在墙面、石板路上的游移和变化，倒也乐在其中。

和店铺经营比起来，沿街摆摊既有利也有弊。好的地方在于，路边摊位的选址是不固定的，摊主可以选择不同的地段做生意，也不需要缴纳店面的租金；不好的地方在于，摊位没有稳定的依靠与遮蔽物，很容易被天气等环境因素所影响。夏天的时候，白天常常骄阳似火，特别是午后，地面温度是一天中最高的。为了防止中暑，陈景润就得找一个有树荫或有阴影的地方待着，乘凉消暑，摊位的选择还可以自己随机应变，但要是碰上突然下雨，可就真的难办了。陈景润只能着急忙慌地把地上的货物收起来，用粗布卷好，然后躲在屋檐下，等雨停了再出摊。这样一来一回，差不多半天光景就没了，收入也不会多。所以，那时陈景润最喜欢的还是多云天或阴天，不会太炎热，也没有下雨，他不用怎么挪摊位，就能完成一天的营生。

天气固然重要，但生意是否兴隆并不完全取决于天气情况的好坏。说到底，摆摊的收入不仅与卖的东西是什么有关，也与市场需要什么有关，并且，这其中也包含许多不确定因素。有时候，陈景润早早出摊，在摊位坐上一天，都等不来几个客人买东西，很多人都是匆匆路过，甚至都顾不上看一眼。有时候，遇上家里有事情，陈景润帮忙做完再出摊，已经是下午，他不报什么希望地在街边守摊，却能等到很多人来光顾，帮衬他的生意。对这样波动起伏的收入变化，陈景润觉得很是纳闷。经过一番研究和思考后，对数学极富敏感性的陈景润认为这是一个概率问题。留心观察了一段时间后，陈景润发现，最后会买东西的人，往往都在摊位前逗留过一段时间。于是，怎样吸引人们注意到他的摊位，并延长他们逗留的时间，就成了陈景润思考的问题。

其实，对这个问题有一个流传已久的方法可以解决，那就是——吆喝和叫卖。与人们常说的“酒香不怕巷子深”相反，吆喝和叫卖是通过话语招揽顾客，强调的正是对物品的宣传和包装。在熙熙攘攘的街头，人们行色匆忙，仓促路过，如果只是在街边安安静静地等待，很可能没有什么人会注意到。陈景润所在的摊位附近，就时不时会此起彼伏地传出叫卖的声音。“卖糖葫芦咯，来看一看啊！”“卖报卖报，今日新鲜事，一张全收揽呵！”

意识到这一点的陈景润，也想尝试招揽生意。但他都不敢开口，只是悄悄地听不远处街道上的吆喝，嘴里也默默跟着，念念有词。等把吆喝能说的词都记得差不离了，陈景润就准备开口为摊位吆喝了。

“来看……看啊……”第一声吆喝对陈景润来说很不容易，他想说的话都提到嗓子眼了，硬生生被紧张的情绪堵着，迟迟开不了口。还是街边恰巧响起的一阵又一阵的叫卖声，给了他吆喝的氛围和勇气，他的第一声吆喝，才应声而出，不过声音也并不大。受限于自身的嗓音，以及身体的瘦弱，陈景润虽然敢吆喝了，但他的声音并不能完全放出来。在人多嘈杂的街道，这样的声音出来没一会儿，就被别的声音盖下去了，隐匿在了街道的各种声音中，所以，也很少有人会循声而来。陈景润本想趁热打铁，就铆足了力气，见到有人来了，就一个劲地吆喝，说着自家的香烟和自家的书有多好多好。可惜的是，能被他的叫卖声吸引过来的客人，还是寥寥无几，有的人就算靠近了，也只是看两眼就走了。

眼看着自己卖力吆喝了，也用劲叫喊了，却还是没什么效果，陈景润索性也不再扯着嗓子招揽生意了，他就像之前那样摆摊，顺其自然地和人做生意。没有人来摊位光顾的时候，陈景润就看起了自己带来的书，以打发时间。而一进入数学的世界，陈景润就像变了个人似的，身边的嘈杂对他而言仿佛左耳进右耳出，没有留下多少痕迹。要是遇上当天没什么客人来问话，生意比较清淡的时候，陈景润能一口气读到傍晚。太阳快落山的时候，光线比较昏暗，不过这时候，陈景润所在的巷道里，也已经有住户人家打开了家里的电灯。于是，就着那些还算明朗的灯光，陈景润便继续读着他的书。直等到肚腹空空饿得出声的时候，他才收拾摊位，拿上东西回家。

这样简单而平凡的日子里，偶尔也会发生一些小插曲。有一天，陈景润照例在巷道里摆摊，刚巧碰上街道管理人员巡查店铺。管理人员走到陈景润摊前，上下打量着他的摊位。陈景润还是头一回遇上这样的事情，他紧张地双手叠在一起，眼神不自觉躲躲闪闪。管理人员越看越觉得陈景润像个新手，便加大了询问的力度。

“你是什么时候来的，以前没见过你，你有营业执照吗?”管理人员例行公事问道。

“这个……我没有……但，我有这个，这个行吗?”陈景润并没有营业执照，他也不知道该拿什么给巡管看。慌忙之下，陈景润从随身带的布袋里摸出一张纸，抖着手递给了那位管理人员。

“毕业证书？你是厦门大学毕业的?”管理人员提高了声音，怀疑地问道。

“厦门大学毕业的人，不去找份工作，怎么来这里摆摊呢？你这证书不会是伪造的吧?”看陈景润一时语塞答不上来，巡管步步紧逼地追问道。

“不，我真是厦门大学毕业的。”陈景润费劲地为自己辩解着，脸都涨红了。

“那你怎么会在这摆摊呢？你还是把摊收一下，跟我们走一趟。”巡管作势想要把陈景润带走。

“我真的没骗人，我是厦门大学毕业的，摆摊是为了……为了给家里带来多一些收入。”陈景润竭力为自己辩驳着，脖子上冒起了几根青筋。

争执的声音一时间吸引了人们的注意，路过的人纷纷停下张望，有人还专门从家里探头出来，好奇究竟发生了什么事。二人正僵持不下的时候，一位路人的出现，为陈景润解了围。原来，那是一位在陈景润读小学的时候，给他上过课的老师。老师那天是刚好路过，看到有巡管人员和摆摊的年轻人争执，想上来帮着做些调解。走近了才发现，这位年轻人看起来有些眼熟，再瞅一眼毕业证书上的名字，老师心里有数了：没错，这就是他带过的一个学生——陈景润。

“我教过他，他是我的学生。我可以帮他证明，他确实叫陈景润这个名字。这张大学的毕业证书，也是真的。你看啊，上面还盖着厦门大学的公章。”老师站在了陈景润身侧，认真地帮忙解释。

“是的啊，这个年轻人看起来不像会骗人的样子，他都在这摆摊好一阵子了，安安分分的。”见到有人出来作证，旁边围观的人们也热心地出声帮忙，大家你一言我一语地说开了。

见到有人出来为陈景润作证，巡管也放下了对他的戒备，打消了对他的怀疑，也不强硬要把陈景润带回去检查了。临走前，巡管叮嘱陈景润，让他要准备好办营业执照的事情，以后再检查的时候要能提供出来。没戏看了，人群也就散了，刚才还被人围成一圈的地方，一晃就只剩下那位老师和陈景润。对于老师的出手相助，陈景润十分感动，他真诚地向老师表达了谢意。老师和蔼地笑着，询问起陈景润的近况。陈景润告诉老师，自己曾经有过一份教师的工作，但并不顺利，也没有了后续。他本以为，老师会对此表示惋惜和担忧，没想到，老师并没有做出任何评价。

“孩子，这没什么的。术业有专攻，不同领域不同专业，都有专门研究的人，人们有自己擅长做的事情，也会有不擅长做的事情。老师倒想问问你，有没有喜欢和热爱的事情。”

“有的。我热爱数学，喜欢做数学研究。”陈景润的内心受到了一丝宽慰，他向老师坦言。

“那很好啊，说不定更适合你走的那条路，就是做数学研究。”老师伸手拍拍陈景润的肩膀。

“但我……我已经毕业了，也没有了工作，自己待在家里也不能只是埋头做研究，我该怎么继续呢?”陈景润问出了这个令自己内心困扰已久的问题。

“做好自己能做的，然后等待时机吧。等到机会来了，你就好好抓住，为自己所热爱的事业去拼搏奋斗。有志者，事竟成。老师相信你，在未来会发光发热。”老师一字一句地说道，顿挫之间满是坚定。

当日那番简短而不简单的谈话，如同在清晨照进市井街道的一束光，虽然不够明亮耀眼，但却清新舒适，让陈景润从心底里生出一丝欣喜和盼望。

与老师告别后，陈景润摆摊的生活仍然在继续，他按时出摊，没什么人光顾的时候，就勤勤恳恳读书，沉浸在自己的数学世界里，解题做演算。虽然每天要做的事情都相差无几，但参差之间，其实已有着无形的差别，陈景润乐在其中。

这天，陈景润正和往常一样，一边守着摊位一边看书。有个路人走得太快，不小心踢到了摊位上摆的书，书角蹭到了陈景润。突然的碰撞让陈景润感到意外，等到他从书本里缓过神来，那个人早已不见踪影。看着眼前的景象，狭窄的巷道，斑驳的路面，街道上一成不变的来往的行人，和他一样日复一日守在摊位旁边的商贩……想起前段日子和老师的对话，陈景润再次觉得，这并不是他想要的生活。他还想起了自己从小到大的求学生涯：小学毕业后，等到了初中学校的建立，得以升入初中；初中毕业后，误打误撞进了自己喜欢的英华中学；高中毕业后在等待中迎来了全国统一高考的机会……不知道为什么，陈景润的内心暗暗笃定，自己一定会再次迎来属于他的机会，迎来人生中的转折。如果让他抓住了机会，他一定会好好努力，不会让自己留下遗憾。

不仅心存期待，陈景润也开始认真思考，自己怎么样才能离机会更靠近一些。如果想要继续做数学研究，他的母校厦门大学就是很好的选择，即使不能进入厦门大学，如果能得到老师的引荐和指点，自己也会离数学研究的梦想更近一些。虽然陈景润当时身处福州，离厦门有一定的距离，但福州毕竟是福建的省会城市，与厦门也常常互通有无。于是，自那以后，陈景润对这方面也更为留心，生怕错过了母校老师会来福州访问的机会。

有心栽花花不开，无心插柳柳成荫。一段日子过去了，陈景润没等来老师，却迎来了厦门大学的王亚南校长。有一次，王亚南校长来福州开会。陈景润四处打听，好不容易得到了一个地址，便去找校长见面。陈景润将这一年来的经历，长话短说地告诉了校长，并真诚表示，自己虽仍然热爱数学研究，但现在失业了，连生计都是困难，不知如何是好。得知陈景润的近况后，校长在意外之余，也为他感到惋惜。在他印象中，陈景润是一个数学基础扎实，钻研能力很强的学生，只是表达能力上弱了一些，但总体上还是个很好的苗子。虽然教书事业不能继续，但是也不该流落在街头摆摊，他完全有能力去创造属于自己的价值。

深耕马克思主义经济学多年，王亚南校长深知“价值”的重要性。“价值”的主体只能是人，而人的本质是一切社会关系的总和。因此，个人的抱负、理想、自我规划，只有从现实的条件出发，并且适应现实社会的需要，符合了社会发展的规律，才能得以实现。陈景润作为厦大毕业的高材生，却落得在街头摆摊谋生的地步，在校长王亚南看来，这无疑是对人才的错误归类与放置，是对高水平人才资源的浪费。爱才惜才的王亚南校长当即向陈景润表示，自己会和学校老师一起商量想办法，再给陈景润一个较为妥当的答复。

山重水复疑无路，柳暗花明又一村。校长的话就如同一场春雨，冲刷着涤荡着陈景润的内心，那些多日来街头摆摊的辛苦与劳累，那些弥漫在陈景润心中的迷茫与苦恼，就这么慢慢消弭，只余下沁人心脾的清新。透过眼前熟悉的街景，陈景润仿佛看到，巷道通往的，不再是人声喧闹的街道，而是一条宽阔的林荫大道，两侧绿意盎然，前路光明可期……

重拾研究

王亚南校长是个信守承诺的人，即使公务繁忙，他还是把学生陈景润想要另谋出路的事情放在了心上。因为方德植老师曾经教过陈景润的数学，又是数学系系主任，对这件事情会有比较公允的看法，于是，一回到厦门大学，王亚南校长就找来了方德植老师，二人共同商议此事。方德植老师希望陈景润能回到数学系工作。老师简短的言语中，对陈景润有着藏不住的肯定以及爱才惜才之情。这之后，王亚南校长还找来了厦门大学党委书记陆维特，二人一同为陈景润工作的事情四处奔波。

人们常说"是金子总会发光的"，但并非每块金子发出的光芒，都能被世人所看到。正如韩愈所言："世有伯乐，然后有千里马，千里马常有而伯乐不常有。"古往今来，这样的例子数不胜数。商末周初，年事已高的姜子牙在渭水遇到文王，才走上辅佐君王积善修德、明道行仁之路；春秋时期，管仲得到鲍叔牙的举荐，才辅佐齐桓公成就宏图霸业，一匡天下；三国时期，在徐庶的举荐下，诸葛亮被刘备三顾茅庐请出山，才作为谋士，以过人之智谋助刘备建立蜀汉王朝。

纵然斗转星移，节变岁移，那些历史已离我们远去，但伯乐对于千里马的重要性，依旧不言而喻。对陈景润而言，王亚南校长就是那位慧眼识英才的伯乐，他不仅赏识了自己在数学方面的才能，而且将自己从平凡的生活中再度发掘出来，陈景润的内心，对王亚南校长充满着感激之情。事实证明，王亚南校长的眼光并没有错。陈景润这匹数学界的"千里马"，在适合他的位置，果然发挥出了他那异于常人的优势与才能。在不远的将来，陈景润在数学研究上取得的成就，对"哥德巴赫猜想"的突破，不仅获得了"陈氏定理"的殊荣，也迈出了人类数学史上的重要一步，为历史所铭记。而王亚南校长知人善任的特质，他与陈景润之间的故事，也被人传为佳话。在后来那篇轰动全国的报告文学《哥德巴赫猜想》中，王亚南校长就被作者徐迟誉为"最懂得人的价值的人"。多年后，回忆起父亲王亚南当年对陈景润的知遇之恩，儿子王洛林坦言："如果说父亲王亚南在那时就看出了陈景润将来会有那么大的成就，并不实事求是。应该说，父亲是把陈景润当成可用之材，所以加倍爱惜。"在他看来，父亲王亚南做到了他自己曾说过的一句话："每个人都有他的长处，我们要善于用其所长。"

就这样，在校长王亚南、党委书记陆维特，以及数学系老师们的支持下，1955 年 2 月，陈景润回到了阔别已久的厦门大学。学校本来计划安排他到厦门大学图书馆当管理员，王亚南校长对此表示不同意。于是，结合先前方德植老师提出的"希望陈景润能重回数学系"的建议，学校进行了重新调配。最终，陈景润被安排担任数学系"复变函数论"课程的助教，兼任数学系资料室研究员。这样的岗位对陈景润而言，既不会有过重的工作任务，也为他今后研究工作的展开留出了较多的时间，提供了较为合适的环境。

时势造英雄。好的时代环境，对有才能的人而言无疑是如虎添翼，他们的成长会顺风而上，节节拔高。再度回到厦门大学的陈景润，没过多久就迎来了时代的新浪潮。

中华人民共和国成立后，百废待兴。举国上下都在为国民经济的恢复，以及各领域建设的开展贡献力量。与此同时，国际科学技术发展迅猛，新科技、新工艺遍地开花。到了 1955 年年底，当中国"一五"计划迈入第四年关键期的时候，知识分子人才匮乏的问题，也显得更为突出和尖锐。于是，1956 年 1 月 14 日到 1 月 20 日，中共中央在北京召开了全国知识分子问题会议，这是中国第一次把"知识分子问题""发展科学技术问题"，作为全党必须密切关注的重大工作。会上，周恩来总理代表党中央作大会的主题报告——《关于知识分子问题的报告》。这份报告透露了两个极为重要的信息，一方面，周总理代表党中央郑重宣布，我国知识分子"已经是工人阶级的一部分"，这是党中央关于知识分子观点的重大发展；另一方面，报告提出了"向现代科学进军"的命题，并亮出了鲜明的观点："科学是关系到我们的国防、经济和文化各方面的有决定性的因素"，

“我们必须急起直追”，“我们必须赶上世界先进科学水平”。上有政策，下有响应。一时间，对科学技术与人才资源的重视，成了全国上下都关心的话题，也掀起了全国人民向科学进军的热潮，人们也因此把1956年称为“知识分子的春天”。

在向科学进军的道路上，有着“南方之强”称誉的厦门大学当仁不让地扛起了“人才建设”的大旗。为了进一步把工作落到实处，厦门大学各院系都进行了资源的整合与调配。在数学系，领导们都深知陈景润的数学功底和研究能力，为了让他能尽可能地敢想敢做，总是对他多加关照与鼓励。老师们曾对陈景润直言：“你可以根据自己的能力，选择一些课题进行研究。可以在业余时间，给同学们上课，辅助老师们的教学。如果你有什么地方需要支持，可以和系里直说，系里会提供帮助。”数学系的老师们对陈景润的关心，让陈景润原本因紧张高悬的一颗心也放了下来。一天天的摸索下来，陈景润也渐渐适应了自己的岗位和工作安排。陈景润的身体也比之前好转了很多。沐浴在阳光之下，呼吸着清新的空气，在美丽的鹭岛，陈景润的心情，比之前畅快了不少。对人生中的这两场重要转变，从福州调回厦门大学工作，以及后来从厦门大学调任至中科院数学研究所——陈景润在《我的心里话》一文中仍不禁为之感慨：“环境的改变，复活了我的数学生命。”

就这样，陈景润以新的身份开始了他的工作和生活。在担任数学系“复变函数论”课程的助教的时候，陈景润需要辅助张鸣镛老师的教学工作，帮助准备和整理讲义资料，有时还要负责给同学们讲课。常言道：“一朝被蛇咬，十年怕井绳。”在教学上曾遭遇人生“滑铁卢”的陈景润，再遇到上台讲课这样的事情，心中不免有几分害怕与担忧，既害怕自己讲不好，也担心占用了同学们自我学习的时间。怀揣着这样忐忑的心理，陈景润又一次走进了教室。所幸，令陈景润担心的事情并没有发生。

这一次，陈景润做了几次深呼吸后，便走上了讲台。随后，他镇定地翻开资料，在脑海中想过大致的框架后，便对台下的同学们上起课来。讲着讲着，陈景润几乎不用再看资料，就能自然大方地侃侃而谈，他也更有底气，腰板挺得更直了。一堂课下来，没有磕磕绊绊，也没有思路中断，信息输出得不仅稳定而且流畅，赢得了同学们的赞赏与掌声。陈景润扎实的学术功底和条理清晰的讲解，也获得了同事们的一致好评。

不同阶段的学生有不同的听课需求，厦大数学系的数学课堂，毕竟不同于北京四中的中学课堂，陈景润需要面对的听讲对象，是知识储备量较大、自学能力也比较强的同学，他们专注的是高阶数学知识的学习，需要锻炼的是数学研究能力。因此，陈景润不需要在课堂呈现方式和讲课技巧上花很多功夫，这对陈景润而言，恰好是一种“扬长避短”。更重要的是，陈景润所讲的内容，正是他自己研习过，并且基础较为扎实的部分。因此，他能清楚地区分出学习中的重点难点，在讲课的时候也能对知识点的延伸和拓展信手拈来。不愁没有东西可讲的陈景润，内心自然而然生发出一种安全感和自信心。并且，温故而知新，在讲解的同时，陈景润自己也相当于跟着复习了一遍，再一次巩固了知识点。这样的一份助教工作，对陈景润而言，可谓是“一举多得”的好差事。所以，即使这一过程中不乏备课的紧张和劳累，他也乐在其中。

虽然，对于助教的工作，陈景润已经颇为上手，甚至能够胜任了，但他更为喜欢的，还是和同事一起，待在系里的资料室做数学研究。因为厦门大学数学系是从数理系分立出来的，所以数学系资料室的历史并不悠久，在设立之初甚至还有些粗简。1952 年，在王亚南校长和方德植系主任的支持下，调任厦大数学系的张鸣镛老师，和其他老师一起收集订阅与数学系相关的研究资料，几经辗转，这才建立起了数学资料室。此外，张鸣镛老师还协助方德植系主任，共同使数学系资料室的管理更加制度化科学化。在数学系老师同学的共同努力之下，厦门大学数学系在科学研究方面取得了惊人的成绩，发展形势大好。据资料显示，1952 年至 1956 年，短短四年间，数学系进行了一百多次专题报告，发表论文共计四十余篇。1954 年的《厦门大学学报》中，数学系所发表的论文数量，在自然科学领域也不算少数。对数学系的发展速度，对数学系师生们交出的答卷的优秀程度，卢嘉锡教授的点评十分中肯。在《厦门大学学报》的后记中，卢嘉锡教授表示：“（论文的内容）反映出我们的教研室已经在相当坚固的基础上进行有重点、有系统的科学研究工作。在教师人数少、教学工作繁重的情况下，有这样的成绩应该珍惜和赞扬。”

近朱者赤，近墨者黑。处在这样一个上下齐心、勇往直前、共同为科研工作而奋斗无悔的环境之中，陈景润也感受到了浓浓的学术氛围。即使资料室的空间有限，个人的办公桌并不大；即使大家忙起来的时候，几乎不怎么用语言进行沟通和交流……但大家共同的志向与目标，一起为数学研究甘愿付出心力，任劳任怨的精神，无形之中凝成了一种氛围，催人进取，让人向上。

水能载舟，亦能覆舟。工作上的动力，反过来也会变成压力。对于陈景润而言，做好数学研究，尤其是数论方面的研究，是他努力和拼搏的动力，而如何做好数论研究，就是他需要认真思考的问题，也是他面临的压力。数论，被数学王子高斯誉为“数学中的皇冠”，在漫长的历史岁月中，留下了很多悬而未决的数学猜想，等待后人的证明与研究。数论不仅在时间轴上横贯古今，具有跨越性，在空间轴上，数论也涉猎广泛，分门别类。如果按照研究方法划分，数论可以分成初等数论、解析数论、代数数论和几何数论四个部分。这四部分，又都能再进行细分，细分之中，又有数个可以深入研究和探索的对象。像在数学系，老师们就都有着各自专攻的研究领域。李文清老师的研究方向主要为：整函数论、函数逼近、泛函分析、控制理论。他的研究成果、学术论文也主要集中于这四大领域。张鸣镛老师则侧重在多重解析函数、多重调和势位和多重调和张量等领域。

虽然，老师们的成就颇丰，履历不凡，在学术界也积攒了一定的威望，但科研并非易事，一项课题的完成，需要经历漫长的周期：在前期需要选题、定题；中期需要经历研究与试验、反复证明；在后期才能进行最终总结。并且，在科研学术的世界，研究大都是从小处着手，具体而微。这也意味着，失之毫厘谬以千里，任何一点微小的误差，都可能影响研究的结果；而一点点微小的不同，也有可能成为新的发现和对前人研究的超越。数论的世界就是这样既微小又宽广，既精细又复杂，有着无穷无尽的魅力。

量变产生质变，厚积才能薄发。对这点深信不疑的陈景润，除去助教工作上的时间，其余时间，他都一门心思地扑在了数论研究上。他埋头钻研专心致志，有时候甚至连同事的叫唤都听不见。晚上的休息时间，他也毫不吝啬地将其挪用，来继续他的研究和演算。

那时候，陈景润住在厦门大学一栋名叫“勤业斋”的教工宿舍楼里。“勤业斋”得名于文学家韩愈所言“业精于勤而荒于嬉”，有敦促人们勤劳务实之意。

在当时，“勤业斋”是一排矮小的平房，简单修葺后成了单身教师的宿舍，居住条件并不优越。每人分配一小间，每间宿舍的面积七平方米左右，一张床一张桌几乎就塞满了整个空间。把书本都堆在壁橱，把皮箱和木箱都放在床底，教师们才能为自己争取多一些的活动空间。虽然内部条件不怎么样，但宿舍外部环境却是风景宜人，清新舒适。“勤业斋”背山面海，宁静清幽。周围还种了不少绿植，三两株木瓜树，枝叶青绿，仰面而张。在“勤业斋”的门口，还有一株形态奇异的油梨树，到夏季就散发出清香，芬芳馥郁。在“勤业斋”住着的老师们，隔三差五的，就会呼朋引伴，相约一起爬爬山，看看海，享受一下生活。而这些充满生活情趣的画面里，往往是见不到陈景润的。在“勤业斋”，邻居们经常见到的会有陈景润参与的活动只有一项，那就是：清晨的洗漱活动。因此，陈景润的勤奋与专注，在宿舍楼也是出了名的。

有一次，夜幕已经降临，天上只有一弯弦月高挂，透着微亮的光。“勤业斋”也早已熄了灯，周边陷入了一片黑暗。这个宁静的夜晚，只有楼旁的草丛里，会时不时传出蟋蟀草蜢的叫声。有两个夜巡的学生打着手电筒，正从“勤业斋”经过。“一间正常熄灯，二间正常熄灯，三间正常熄灯……”当数到陈景润房间的时候，学生愣住了，与其他房间不同，陈景润所在的房间还亮着微弱的光，光线也不是很稳定，时隐时现。两位学生心生疑惑：“这么晚了，老师们还没休息吗？为什么还有间房亮着灯？”停在原地观察了一会，他们发现情况依旧不变后，便决定从后面绕进去一探究竟。听到敲门声后，陈景润披着件薄外套打开了宿舍门，没想到是两位带着袖章的学生。在明白学生的来意后，陈景润不好意思地挠了挠头，带学生们走进了他的房间。狭小的空间里，堆满了各种书籍资料，有的散落在床上，有的散落在地上。为了不踩到散落的纸张，学生只好小心翼翼找地方落脚。到了窗台边，他们发现了光源的秘密。原来，陈景润想抓紧晚上的时间做研究，但又怕打扰到周围的老师，所以就想了个法子，找了个黑色的大灯罩，罩在了灯上，想把光线过滤一下。灯罩很大，他自己又常常埋头，有时候头发也会被灯罩拢进去，遮住部分光亮。所以夜巡的同学，看到的光线并不稳定，也不足够明亮。确认房间并没什么异常后，两位同学便离开了陈景润的房间。临别的时候，他们还向陈景润表达了自己的敬佩之情。学生们离开后，陈景润回到桌子前，继续思考刚刚被打断的问题。

那段时间，陈景润起早贪黑，废寝忘食，甚至梦里都在想着，怎么才能把研究做好。但现实往往真实而残酷，数论研究的进程并不如他所愿。陈景润就像个一猛子扎进了大海里游泳的人，除了刚开始溅起一些水花，研究始终波澜不惊，没有什么实质性的进展。陈景润觉得，自己仿佛陷入了数论研究的漩涡，但一直找不到一个合适的切入口，他的研究工作便一直停留在对资料文献进行收集与整理的阶段。

一天，陈景润照例来图书馆的资料室，查找数学书籍和资料。没想到，碰巧遇到了李文清老师。两人便聊起天来，问起对方近况。

“景润，最近做研究还顺利吗？”

“老师，不瞒你说，我遇到了些问题，还没有想到解决方法……”陈景润不安地双手交叠。

“噢！好事多磨，我们做研究的，不怕难题，因为难题才更有攻克的意义和价值。那你有什么想要问的吗？”李文清老师伸手，拍了拍陈景润的肩膀。

“有的有的。我想问老师，有什么书目可以推荐一下？”听到老师主动提问，陈景润赶忙问了出来。

作为过来人的李文清老师，已经在各大刊物发表过多篇论文，积累了不少做学术的经验，自然能理解陈景润所遇到的瓶颈和难题。在他看来，陈景润现阶段遇到问题的症结可能在于，书籍和文献资料读得少了，也不够精进。想要解决问题，就得对症下药。

“要想做好数论研究，数学家华罗庚的著作，是必读而且需要多读的。特别是他那本《堆垒素数论》。你找来看看，一定会有收获。”踌躇片刻，李文清老师给了陈景润一个答复。

“如果你能针对其中的内容，提出任何改进的建议，那你就为中国数学界的进步做出了了不起的贡献。”不待陈景润反应过来，李文清老师又加了一句，言语中满是对他的殷切期望。

李文清老师的一席话，让陈景润感到醍醐灌顶，如同在茫茫大海之中久久寻觅不到的针，一下子就找到了。陈景润谢过李文清老师，就赶忙去找《堆垒素数论》借来翻阅。从那之后，陈景润有了更加明确的研究方向。

华罗庚所著《堆垒素数论》，成书于1940～1941年间，先后出了俄文版、中文版、匈牙利文版、德文版等多个版本，被后人公认为是20世纪经典数论著作之一。

要想知道《堆垒素数论》研究的内容，人们首先要了解什么是“堆垒数论”。“堆垒数论”又称“加性数论”，是关于所谓加性问题的一个数论分支，研究的是整数分拆（或分解）为给定类型的被加数的问题。所以，《堆垒素数论》主要讨论的就是素数的加法性质。全书分为12章，对哈代与李特尔伍德圆法、维诺格拉多夫三角和估计方法及作者本人的方法进行了系统总结、发展与改进。国际性数学杂志《数学评论》曾对《堆垒素数论》有过高度评价，认为这是一本有价值的、十分重要的教科书，也是想研究中国数学的一本最好的入门书籍。

借到了这样一本具有研究价值、收获国际赞誉的数论著作，陈景润如获至宝，手不释卷。从那以后，除了日常的吃饭睡觉，陈景润将剩余的时间都匀给了阅读和做笔记。他一门心思都扑在了华罗庚先生所著《堆垒素数论》上，不仅对其中的内容认真阅读，还对其中涉及的步骤仔细演算。这本书共有 150 多页，虽然不算厚重，不过涉及很多数论的专有名词和定理，读起来都有一定的难度，更别说要记忆了。但这么一本学术著作，陈景润几乎能背诵下来。这并不是因为他的天赋有多么过人，而是因为他为之付出了常人难以企及，甚至难以想象的努力。以至于后来，当回忆起当年研读《堆垒素数论》经历的时候，陈景润仍然记得其中的细节：“《堆垒素数论》我一共读了 20 多遍，重要的章节甚至阅读过 40 遍以上，华先生著作的每一个定理我都记在脑子里了。”言语之间，尽是对自己当初努力的骄傲和肯定。然而在当时，谁都没有想到的是，那次在图书馆里不期而遇的对话，李文清老师的点拨与建议，华罗庚先生的《堆垒素数论》，兜兜转转之间，会在不久的将来，成了影响陈景润真正走上学术研究道路的一块实打实的敲门砖。

回想这段日子，重回厦大数学系从事研究的陈景润，仿佛一条干涸在岸边奄奄一息的鱼，又回到了大海的怀抱。陈景润深知，数学研究的道路很长，需要有足够的耐力与毅力，也需要足够的坚定和坚持，才能有所进展。所以，在厦大数学系从事教学和研究的陈景润，每天都非常忙碌、劳累。

“书读百遍，其义自见。”陈景润在数学系孜孜不倦地学习，对《堆垒素数论》不厌其烦地阅读与研究，就如同农夫在耕耘期里对农田的辛勤劳作，虽然不确定会有多少收成，但收获的季节一定会到来。

第五章

幸得榜样引路

锋芒初现

中学读书的时候，陈景润就在课堂上多次听老师提到过华罗庚教授。这位伟大的数学家，为国家的数学发展做出了很多贡献，在数论方面更是起着开创性的作用。同学们之间也常常讲起华罗庚先生的种种事迹，说得有模有样的。陈景润虽然不怎么参与这些讨论，但也心向往之。

在得到李文清老师指点以后，陈景润便将华罗庚先生的著作《堆垒素数论》作为研读的对象。然而，即使陈景润已经读了很多遍《堆垒素数论》，甚至对其中的每一个定理都有所掌握，但一段时间过去了，陈景润还是没有提炼出适合用来研究的对象。起初，处于研究的瓶颈期，陈景润发愁得食不下咽，夜不能寐。浑浑噩噩地过了几天，陈景润猛然醒悟：瓶颈未必是坏事，也许新的突破就要到来。

在求学阶段，一个学生能将知识烂熟于心是好事，有助于吸收更多的知识；但到了研究阶段，如果科研人员对研究对象过于熟悉，反而会使自己难以超脱出原有的思路，也就难以产生新的质疑，新观点也就难以产生。

因此，为了让自己的思路能够拓展，陈景润不再拘泥于对具体文本的阅读，而是从内容中跳脱出来，开始一遍遍地思考章节目录。从第一章《三角和》到第十二章《其他的结果》，陈景润来回反复地翻看。每看到一个章标题，陈景润就在脑海中进行回忆，并尝试在不看摘要的前提下，用自己的话把与章标题相对应的内容复述出来。这样的方法虽然会耗费不少时间，但也是一种让知识内化的过程，令人更加印象深刻。在一次回溯复盘的过程中，“第五章　某些三角和的中值公式（Ⅱ）”和“第四章　维诺格拉多夫的中值公式”引起了陈景润的注意。这两个章节，前者是用华罗庚先生的方法来处理低次多项式所对应的三角和的中值公式，后者是用维诺格拉多夫的方法来处理高次多项式对应的三角和的中值公式。在陈景润看来，无论是华罗庚先生的方法，还是维诺格拉多夫的方法，同样都是对三角和的中值公式进行处理，只不过三角和中值公式所对应的次项不同。因此，两种方法很可能存在相通之处。

发现问题的陈景润，就像是一个原本迷失在沙漠里的旅人见到了绿洲，他要做的第一件事，就是要证明自己眼睛所看到的景象是否真实地存在着。于是，陈景润将研究的范围加以缩小，更加集中于这两个章节，并进行了深入的研究。功夫不负有心人，经过一次次实际的测算与对比后，陈景润发现这两种方法确实能产生关联：《堆垒素数论》中第四章所运用的维诺格拉多夫的方法，正好可以用于改进和修正第五章的某些结果。之前的猜想得到了一些验证，陈景润激动得把手拍在了桌子上，欣喜若狂。夜色已深，四下无人，只有“勤业斋”院子里的芭蕉叶在随风晃动，一张一合，呼呼作响，像是在呼应陈景润内心的欢呼与雀跃。

1956 年，陈景润向系里提交了一份科学研究计划表，这份计划表如今珍藏在厦门大学的档案馆里。经历了时光的洗礼，计划表的纸页已经泛黄，但上面的字迹仍然清晰可辨。作为数学系函数教研组的一员，陈景润当年计划要研究的题目是 Tarry 问题（译名为“塔利问题”），他计划采取“三角和方法”进行研究，想要展示的重要内容是：对华罗庚先生的结果进行改进。这一科研项目最终的研究成果，将以论文的形式呈现。

计划表虽然只有简单一页，所写的内容也不过寥寥几十字，但却字字有力，非同一般。“塔利问题”是数论的中心问题之一，有很多数学家都曾在这一问题上深耕钻研。华罗庚先生的著作《堆垒素数论》以及论文《等幂和问题解数的研究》，都对“塔利问题”有过专门的探讨，“塔利问题”还曾被学术界归结为对指数函数积分的估计。想要对前人有所超越，这并非易事。因此，单单陈景润在“计划呈现内容”一栏写着的“改进华罗庚先生的结果”十个字，就充满着挑战的勇气与创新的精神。这份看似简单，实则具有研究难度和研究价值的科研计划表，是陈景润在数学系提交的第一份研究计划表，也是陈景润走上数学研究道路要面临的第一场真正的“入研考试”。

科研计划提交后，陈景润紧接着要面对的，就是如何将已定的计划落到实处。作为“塔利问题”研究的执行人，陈景润全身心地投入了数学研究。《堆垒素数论》从一本书被拆成一页页，又从一页页合为一本书。助教工作完成后，陈景润就快马加鞭地回到数学系的资料室，继续研究自己的论文。到了周末，那较为完整的本该用于休息的时间，也全然被陈景润拿来给自己“加班”。当“勤业斋”的邻居们在院子里围坐一团，借着芭蕉树和翠竹的阴影纳凉，谈天说地的时候，陈景润把自己关在房间里苦思冥想，奋笔疾书。陈景润待在寝室的时间太长了，有时一待就是一天，忙起来饭都忘了吃。要不是有那么一两次，邻居们曾经看到陈景润拿着饭盒进房间，他们甚至都以为陈景润一直在外面奔波，并没有回到过宿舍。

在陈景润的宿舍，大小七平方米的空间里，桌上散乱着书籍和纸张，地上堆满了演算草稿，这里一叠那里一叠，从桌边一直铺到了快进门的地方，床上也有他的草稿纸，有的平平地躺在床单上，有的掖在了被子下面，露出淡黄的页角。整个场面用一个“乱”字都不足以形容，但陈景润自己却能在这看似杂乱无章的纸堆中，及时地找到自己所需要的草稿。靠着自己独特的堆放顺序和记忆逻辑，他能找到第四章节的演算草稿就压在桌上第三本书的下面，第五章的证明材料则在进门靠近床边的地面处，从资料室带回来的研究材料夹在窗台和书桌之间……

时间一天一天过去，陈景润房里的纸片和纸团也越积越多，越积越厚，在狭小而有限的空间里相互堆叠。这一张张演算的纸片，看似其貌不扬，却有着水滴石穿的力量。它们就如同一颗颗细小的水珠，一次次的演算就是一次次的滴落，落在论文研究的那块大石上。天道酬勤，在一个平淡无奇的午后，那块坚硬的论文磐石，终于被持之以恒的力量所击穿了！陈景润完成了他的首篇学术论文《塔利问题》，这篇论文改进了华罗庚先生在《堆垒素数论》中的结果。陈景润已经很久没有好好休息了，多日来，为“塔利问题”的研究，陈景润付出了诸多心力，牺牲了大量的睡眠时间。如今，看着手边已经完成的论文，陈景润心里的一块石头终于落了地。不一会儿，陈景润就沉沉地闭上了双眼，他的大脑也暂停了数字化的运转，享受着久违的静谧和安宁。

论文写好了，但陈景润既没有马上提交，也没有筹备论文发表及后续的事宜。他的内心充满了忐忑和犹豫，一方面，陈景润不确定自己的论文研究结果是否正确，会不会被驳倒；另一方面，华罗庚先生在学界有着举足轻重的地位，而当时陈景润只是大学资料室里一位籍籍无名的研究人员，他不确定自己的研究在旁人看来会不会只是一种不自量力的挑战。就这样，犹豫再三，陈景润还是决定先按下不提，只是尽自己所能，一遍一遍地修改打磨论文。但陈景润是藏不住心事的人，就算他闭着嘴巴不说，也会从眼睛里流露出与平常不同的情绪。那几天，在资料室的时候，陈景润有时会看着桌子上的书发呆，有时做完了一件事，就忘了接下来要做什么，工作也总是不在状态。

“景润，怎么了？”有一天，李文清老师正好去资料室谈事情，多年的师生情谊让李文清老师觉得，陈景润的状态似乎有些反常。

“没，没什么。”听到有人喊自己的名字，陈景润从放空的状态回过神来。

“是不是研究上遇到什么难题了？有什么问题，找个时间到我办公室说说。”李文清老师以为陈景润在研究上又遇到了什么让他发愁的问题。

“好，谢谢老师。”陈景润一边说一边点头。

李文清老师走后，陈景润的心里久久不能平静，老师的关心和支持既让他感到温暖，也让他觉得，自己研究出来的成果应该给老师看看，才不辜负老师一直以来的关怀与好意。几番纠结之后，陈景润拿上自己的论文，来到了李文清老师办公室。

“好啊，我就觉得你小子有情况，还以为是你遇到了什么问题，原来你的研究论文都写好了。”得知真相的李文清抚掌大笑起来。

“没有没有，毕竟是对前辈的挑战，我不确定自己做得够不够好，所以一直没敢拿出来。”陈景润摸摸后脑勺，不好意思地笑了笑，随后站立在旁。

接下来的日子，李文清老师只要有空，都在办公室读陈景润的论文，有时还会叫上陈景润一起讨论。看着李文清老师左手翻论文，右手拿笔演算，还时不时查阅书籍的样子，陈景润也好像看到了自己的影子。

“景润，这篇论文的结论是可证的，也是可以测算的。说不定啊，真能为华罗庚先生的著作提出建设性的意见呢。”几天后，李文清老师找到陈景润，告诉他这一好消息，声音里带着几分兴奋。

得到了李文清老师的肯定，陈景润心里紧绷的那根弦终于松了下来，他激动得一时语塞，不知道该说些什么。

“这样，我现在联系张鸣镛老师，让他也看看这篇论文，验证一下观点是否正确。”不等陈景润回答，李文清老师就打了个电话，接着便带上陈景润，去张鸣镛老师办公的地方。

得知李文清老师审核过一遍了，作为二次审核，张鸣镛老师便更加严格起来。张鸣镛老师对陈景润论文中的每一项结论都进行细致的测算，并和《堆垒素数论》中原有的结论及例证进行反复比对，核查有无算错或遗漏之处。一段时间过去后，张鸣镛老师抬起了头，示意陈景润和李文清老师一同来看自己的测算结果。

“初步来看，《塔利问题》的证明是正确的。景润的这份论文，是具有发表价值的。后生可畏，后生可畏啊。”张鸣镛老师看向陈景润，眼神中满是欣慰和赞赏。

“发表？那华罗庚先生也会看到，我……我真的可以吗？”一听到论文要发表，还有可能给华罗庚先生看到，陈景润刚松了一口气的心，又提了起来。

“景润啊，像华罗庚先生这样的数学家，他们也是从籍籍无名开始，一步一个脚印，才有了今天的成就，在这一点上，任何一个从事研究的人，都是一样的。”

“而且，你要知道，学术界不能只有一种声音，需要超越和创新。做研究，就是要站在前人的肩膀上，而不是一味地重复他们说过的话，认同他们的观点。如果不对现有的研究进行超越，那学术的发展又如何推动呢?”李文清老师和张鸣镛老师，都热切而耐心地鼓励着陈景润。

“学术界不能只有一种声音，需要超越和创新。”老师们的话在陈景润的脑海里一遍又一遍地回响着，想到自己的研究能为推动学术界的发展做出贡献，陈景润原先忐忑不安的心绪，已经不自觉消散了许多。

“好。”陈景润重重地点了点头，望着老师们，内心有着满满的感激。

鉴于陈景润研究“塔利问题”的论文，是针对华罗庚先生《堆垒素数论》中的一个结果提出改进，李文清老师和张鸣镛老师讨论后，一致认为这篇论文须得先寄给华罗庚先生过目，才能辅助实现其科研价值。事不宜迟，李文清老师将《塔利问题》论文，寄给了他在燕京大学念书时结识的老同学——时任中科院数学所副所长的关肇直先生，再由关肇直先生转交给中科院数学所所长华罗庚先生。

自从《堆垒素数论》出版以来，无论是俄文版，还是中文版，都受到了国内外数学界的肯定和赞赏，还一直没有人对这本书提出异议。如今，一封福建青年陈景润的来信，却指出了书本当中存在的一些问题。

信的大意是：我读了您（华罗庚先生）写的《堆垒素数论》，这本书写得很好，但经过反复测算，第四章和第五章部分涉及“塔利问题”的内容和结论，还有可以改进和修订的地方，这就像是一颗明星蒙上了微尘，希望您能加以更正。末了，信内还附上一篇对“塔利问题”进行了相关证明与演算的论文。这封来信不仅令数学研究所的研究员们大吃一惊，就连华罗庚先生本人，都对这位尚未谋面的青年所展现出来的勇气与数学才能感到意外。陈景润的信中对《堆垒素数论》的建议，以及他附上的论文，引起了华罗庚先生的高度关注，华罗庚先生找来了中科院数学研究所的几位成员，让他们一同对论文先行进行审验。研究员王元便是其中的一员，经过研究员们的多次审核，他们所得出的结果和之前厦门大学老师的结果相近。

“华先生，这篇《塔利问题》的论文，我们读了好几遍，也经过了几轮演算。就目前的演算结果看来，作者陈景润在其中运用的做法：以高次多项式对应的三角和的中值公式，处理低次多项式所对应的三角和的中值公式，将苏联科学院研究所所长维诺格拉多夫的方法和您的方法做了较好的结合，确实对《堆垒素数论》当中的第四章、第五章有改进和修订的作用。”研究员王元向华罗庚汇报了论文的审验成果。

为确保结果的准确性和严谨性，华罗庚先生也对《塔利问题》论文进行了阅读。一番仔细校验后，华罗庚先生对陈景润的研究成果满口称赞，在他看来，这位叫做“陈景润”的年轻人，既能有这样不同于常人的发现，又能使自己观点得到证明，是个很好的学术苗子，如果他能得到悉心的培育，将来的发展或许不可限量。

“你们知道陈景润是什么样的人吗?”一时间，华罗庚对陈景润很感兴趣，想要了解更多关于他的信息。

数学所里的研究员们你看看我，我看看你，他们大多数人还是第一次听到这个名字，没有什么更多的了解。

“或许，我知道一些。”一个年轻而略带沙哑的声音，从人群当中传了出来。说话的这位老师名叫林坚冰，他刚好从厦门大学来到中国科学院数学研究所进修不久，对厦大的师生还算有些了解。林坚冰告诉华罗庚，陈景润大学毕业后，原本被分配到了北京四中教书，但那份工作不太适合他，他就被辞退了。厦门大学的王亚南校长和老师们一齐出面，把陈景润调回了厦门大学数学系工作，陈景润现在就在数学系的资料室工作，从事与数论有关的研究。

听完林坚冰老师的叙述，华罗庚对陈景润更多了几分欣赏，他想要和这位年轻人来一次会面，和他当面聊聊关于对《堆垒素数论》这本书的看法。当时，刚好有一个很好的机会：中国数学报告大会开办在即，全国各地的数学爱好者都会来到北京齐聚一堂，共享一场数学的盛会。更巧的是，研究所里有一名叫陆启铿的研究员，正准备南下出差。华罗庚便把寻找陈景润的任务交给了他。临行前，华罗庚还嘱咐陆启铿："我想邀请陈景润作特邀代表，到北京参加数学报告大会。你到了厦门大学，记得要去找一下陈景润，问问他的意愿，如果可以的话，邀请他来！差旅费由我们报销。"为了确保能通知到陈景润，中国科学院数学研究所还专门发了一封电报过去。

那时候，远在南方的陈景润，还一如既往地专心于自己的数论研究。自从论文被李文清老师寄出后，头几天，陈景润的内心还是既紧张又期待，他既不敢知道，又盼望着能早日得到那边的回复。等待的日子一天天过去，陈景润也忙于数学系的工作，便把这件事情慢慢淡忘了。然而，惊喜总是在某个没有准备的时刻降临。在一个平常的午后，陈景润收到了一封来自北京的电报。陈景润拿着电报，双手颤抖，既想看又不敢看，没怎么低头瞟一眼电报。做了好几次深呼吸后，陈景润决定不管怎样，自己都要勇敢接受结果，他终于低下头仔细看电报的内容。"全国数学论文报告会""华罗庚"，电报上的这几个字样，一下子闯入陈景润的眼帘，他心跳加速，不自觉涨红了脸。缓了好几口气，陈景润终于将电报上的意思捋顺了，原来，华罗庚先生不仅对自己的论文表示欣赏，还邀请他去全国数学论文报告会上做报告呢！陈景润兴奋极了，他举着电报，就在走廊里奔跑起来，他用最快的速度找到了李文清老师和张鸣镛老师，和他们分享这个令人振奋的消息。

学无止境，天道酬勤。凭借《塔利问题》论文，陈景润不仅得到了李文清、张鸣镛两位名师以及中国科学院数学研究所研究员的认可，更是得到了华罗庚本人的首肯，可谓是锋芒初现。作为一名学术研究员，首项研究的成果能获得这样的评价，可以说，在这场"入研考试"中，陈景润交出了一份不仅学术价值极高，而且具有实际的参考和借鉴意义的完美答卷。对于陈景润论文中所指出的，在《堆垒素数论》中存在的问题，华罗庚并没有看过以后就放任不管，而是吸收和采纳了他的建议，并及时对原书进行了修订，体现了华罗庚先生的宽阔胸怀和对学术研究的精益求精。

1957年《堆垒素数论（修订版）》在北京面世。书本中的内容都进行了相应的修改和补充，第四章第五节、第五章第六和第八节，以及第九章，都进行了重写，此外还有不少章节，都进行了部分改写。在“再版序”中，华罗庚先生向帮助过《堆垒素数论》修订和出版的人们表达了谢意，顺序从前到后分别是：越民义、王元、吴方、魏道政、陈景润。

当时还名不见经传的陈景润的名字，就跟在中科院数学研究所研究员们的名字之后。能被数学家华罗庚先生如此的肯定和重视，能在《堆垒素数论》这样的数学著作上崭露头角，这对于当时的陈景润而言，无疑具有巨大的激励作用。而榜样的光芒也照亮了陈景润继续前进的方向。

榜样引路

每个人在成长的过程中，都会遇到很多不同的人，有匆匆过客，也有一世之交；有绊脚之人，也有相助之友。幸运的是，在陈景润的生命中，他遇到了不少贵人相助，有的人接济他的生活，有的人帮扶他的学业，还有的人滋养着他的数学生命，让他到了更广阔的天地，更有人帮助他吸收学界精华，开繁花结硕果。其中，就有一位慧眼识英，竭力提携，对陈景润有着知遇之恩的贵人，我国著名数学家华罗庚先生。

作为中国解析数论、矩阵几何学的创始人，华罗庚不仅在解析数论、矩阵几何学等方面有独特的造诣，而且在典型群、自守函数论、多复变函数论、偏微分方程、高维数值积分等广泛数学领域中都做出卓越贡献。他为中国数学的发展做出了非常巨大的贡献。华罗庚先生一生留下近90部论著，发表论文150余篇，并先后开创了中国解析数论、矩阵几何学型群、自守函数论等理论，被誉为我国的“现代数学之父”“人民科学家”。在国际上，华罗庚被列为芝加哥科学技术博物馆中“当今世界88位数学伟人”之一，学术界以华氏命名的数学科研成果有“华氏定理”“华氏不等式”等定理及方法。可以说，华罗庚先生把自己的一生都奉献给了数学。他的人生经历，在中国数学界乃至国际数学界，都堪称一个传奇。美国著名数学史家贝特曼就曾评价华罗庚是中国的“爱因斯坦”，认为他足够成为全世界都知名的科学院的院士。华罗庚先生誉满中外，成就斐然。他对数学研究发展的大局意识，以及超前的远景洞察力，都令世人深为敬佩。

然而，拥有如此辉煌成就和崇高声誉的华罗庚先生，他的人生却并不如大家所想象的那样一帆风顺，甚至比一般人都要更加曲折。

1910 年 11 月 12 日，华罗庚出生于江苏金坛的一户普通家庭。为了给儿子送去祝福，华罗庚的父母按照当地的习俗，将华罗庚扣在两个箩筐内，认为孩子放在箩筐里能辟邪，且能同庚百岁，华罗庚的名字便得名于此。虽然父母对华罗庚有着美好的祝愿与盼望，但现实却并未遂人所愿。

在中学期间，华罗庚不仅成绩优异，还曾获得过上海市珠算比赛第一名。可惜的是，囿于家庭经济原因，华罗庚的学习生涯不得不中途止步。学业中断的华罗庚，回家后便帮着父亲一起料理家里的小杂货店。虽然不能在学校念书了，但华罗庚热爱学习的心却一直没变。即使身在小小的杂货店里，他也抓紧一切零碎的时间进行学习，对他喜爱的数学，他更是全身心投入其中。没有教材，他就自己攒钱买书来看；没有老师，他就自己琢磨和研究数学。总之，他将自己的生活与数学牢牢地捆绑在了一起。然而，屋漏偏逢连夜雨，辍学不久后，华罗庚便经受了又一道来自上天的考验。当时，金坛县内发生了瘟疫，华罗庚也不幸感染上了伤寒，无奈卧病在床将近半年的时间，后来，华罗庚的伤寒虽然痊愈了，但他的左腿关节却在病菌的侵袭下粘连变形，造成了不可修复的伤害，使他年纪轻轻落下终生残疾。

然而，纵使命运待自己这般不公，华罗庚也没有放弃学习，相反，他总是以自己的方式，与命运抗争。在生病之前，华罗庚在《学艺》杂志上看到了苏家驹教授的一篇论文，题目是《代数的五次方程式解法》。仔细阅读后，华罗庚发现其中的解法存在问题和疏漏之处。在王维克老师的支持与鼓励下，华罗庚决定写一篇文章进行论证。即使在患病的那段期间，华罗庚也没有中断学习与自我摸索式的研究。最终，他写了一篇题为《苏家驹之代数的五次方程式解法不能成立的理由》的文章，抱着试一试的心态，华罗庚寄给了杂志社。令华罗庚没想到的是，这篇论文很快就发表在《科学》杂志上。那一年，华罗庚20岁。

或许，正是华罗庚那份人穷志不穷的青年志气感动了上天，上天惜才，便派贵人对华罗庚施以援手。那篇发表在《科学》杂志上的文章，偶然间被清华大学算学系主任熊庆来教授看见，并得到了他的青睐。后来，华罗庚又得到了唐培经先生的推荐，到清华大学算学系担任一名助理员。虽然，当时华罗庚不过是一名“未入流”的人员，但清华大学的学习热情与研究氛围，深深感染熏陶着华罗庚。华罗庚就像一块新生的海绵，浸泡在这知识的海洋里，不断地吸收，不断地壮大，也不断激活发挥着自己的数学才能。华罗庚先后在世界顶级的数学杂志上刊发了十几篇论文，并被邀请到英美的知名大学讲学，他不仅代表自己，还代表着中国数学，在世界舞台上发光发亮，引人瞩目。新中国成立后，心系祖国的华罗庚，放弃了英美等国提供的丰厚诱人的报酬，回到了祖国的怀抱，为中国数学事业的建设贡献着自己的全部力量。

华罗庚回国后不久，国家开始重视人才建设。为响应国家“向科学进军”的号召，1956年1月20日，华罗庚在《中国青年报》上发表了一篇名为《写给向科学堡垒进攻的青年们》的文章。华罗庚认为，青年是从“先辈手里接过火炬向科学挺进的新生力量”，并真诚地表示：“我恨不得把所有的知识——虽然很不多的知识——在一夕间都传授给你们，我也恨不能把所有的经验——如果有一些的话——都倾吐般地介绍给你们。”言辞之间，尽是华罗庚先生对人才培养的重视以及对贤才的渴望。

无巧不成书。那时候，陈景润的来信加上那篇有关“塔利问题”的研究论文出现在了华罗庚面前。这位二十来岁的年轻人，不但有勇气与极高的数学才能，还和华罗庚有着极其类似的人生经历：家境平平，身体有疾，求学受阻，做过教员，更重要的是，陈景润与华罗庚有着同样坚定的信念：对数学充满热爱，为研究无怨无悔。可以说，陈景润的出现对华罗庚而言，有着非比寻常的意义。

经历过生活的贫瘠与黑暗，在现实中摸爬滚打才成长起来的华罗庚，深知单打独斗的艰难，也因为自己受过他人的知遇之恩，所以华罗庚也有一颗爱才惜才的心。他重视人才培养，更重视人才发掘。因此，审验完论文后，华罗庚先生便发送电报一封，邀请当时尚籍籍无名的陈景润来参加中国数学大会，并在上百名专家学者面前做论文报告。

作为前辈，作为师傅，这便是华罗庚先生对陈景润的第一“引”，这一“引”也引出了陈景润未来的科研前程。

而那时候的陈景润，并不知道那一封简短电报背后藏着的深意，他还在为即将北上赴京而激动与紧张。在李文清老师的陪同下，陈景润再次坐上了开往北京的列车。

入座后，陈景润不由地想起，三年前，自己也是这样坐着火车前往北方。今非昔比，三年前和现在，虽然都是北上赴京，但却有着截然不同的原因和意义。大学毕业后去北京任教，陈景润的工作是由学校分配与安排的，任教的结果并不如意。这次去北京参会，是因为陈景润的论文得到了华罗庚先生的欣赏与认可，所以得到了华罗庚先生的邀请。换言之，第二次赴京，是陈景润用自己的努力换来的机会。直觉告诉陈景润，这或许是他生命中的一次重要转机。

但一想到自己到了北京，不仅要参与数学论文报告大会，还要在来自全国各地的数学专家学者面前做报告，陈景润的心湖就像被投了一块石头，泛起了一圈一圈的涟漪。紧张和担忧的情绪在心底蔓延，他开始有些坐立难安，低头沉思，双手一上一下地交叠。

“景润啊，怎么了?”李文清老师坐在陈景润身旁，他总能及时地察觉到陈景润的异样。

“老师，我的论文真的写得好吗?可以在数学报告大会上进行宣读和报告吗?”陈景润认真地看着老师，等待着答案。

“还记得老师和你说过吗?学术界不能只有一种声音。你的论文给华罗庚先生的著作提出了建设性的改进看法，就是为学术界带来了一种新的声音，这是很难得的，也是值得大家学习的地方。我想，或许这也是华罗庚先生会邀请你参加大会的原因。”李文清老师耐心地回答道。

“可我的普通话不是很好，我担心……”

“景润啊，这论文报告大会可不是普通话比赛，来参加大会的都是学术界的爱好者与研究者，他们在意的、想听的是你论文中有什么新发现，而不是想听你普通话说得有多好。”李文清老师不禁为陈景润的较真笑出声来。

“好，我知道了。”听到老师这么说，陈景润紧张的心情有所缓解。

“当然了，虽然不要求要达到演讲的水平，但起码要讲得流畅一些，不宜太快也不宜太慢，要让人能听得懂，听得明白。”李文清老师嘱咐道。

“好，我多准备准备。”了解做报告所需要注意的地方后，陈景润便专心地投入了对论文讲稿的准备。他看着自己的论文，一边用手指着，一边嘴里念念有词。

列车压过铁轨，时不时晃动着车身，发出哐当哐当的声音，载着一节一节车厢，载着昏昏欲睡的人们，载着陈景润喃喃念稿的声音，向遥远的北方不疾不徐地驶去。

经过了漫长的路途，陈景润和李文清老师顺利抵京，踏在北京的土地上，一种熟悉感扑面而来，陈景润的心里顿觉踏实。

当时，参加大会的代表都下榻北京的一家旅社，按组织安排，基本上两人共一个房间，陈景润和老一辈的数学家孙克定住在同一间房。得知陈景润已在北京落脚后，负责此次会务工作的王元就前来接待陈景润和李文清老师，并带他们与华罗庚先生见面。

在王元的带领下，陈景润终于见到了华罗庚先生，只见他衣装笔挺，戴一副黑框眼镜，眼神中透着睿智的光芒，周身流露出非凡的气度，带着和蔼的美意。

看到这位数学界的传奇人物，这位自己敬仰的榜样，就这么真真实实地站在自己面前，甚至伸手就能碰到，陈景润一时怔在了原地。

“你就是陈景润？”华罗庚先生认真的语气中带着一丝和缓。

“华先生好，华先生好。”陈景润紧张得不知道该说些什么，只好一个劲地向华罗庚先生点头问好。

“好。你跟王元去谈谈。”兴许是看出了陈景润面对自己时的紧张无措，华罗庚先生转而让自己的学生王元与陈景润进行交谈。

陈景润与华罗庚先生之间的第一次会面，就这样短暂而简单地结束了。面对中科院数学研究所的研究员王元，陈景润也满怀敬仰与尊重之心，但好在没有面对华罗庚先生时那么紧张。于是，二人的对谈也还算顺利。或许是上天命定的缘分，1956 年秋天相识后，在未来的日子里，王元和陈景润还一起共事长达 40 年之久。王元也从一开始觉得陈景润是个不折不扣的“书呆子”，到后来深深为陈景润对数学的热爱，以及不慕名利的性格所打动，二人既是数学研究所的同事，也是在科研道路上互相扶持的好友。

中国数学会论文宣读大会，于 1956 年 8 月 13 日—19 日在北京举行。这是中华人民共和国成立以来，第一次全国规模的数学论文宣读大会，出席大会的代表有 100 多人，其中约半数是青年。在 170 余篇论文里，青年数学家的成果占了很大的比重。

会上，由中国数学会理事长华罗庚教授致开幕词，他对中国当时的数学研究水平以及青年力量生长状况进行了独到的分析。在此次大会上，做综合报告的有华罗庚、张世勋、陈建功、苏步青等 15 位专家，他们都分别介绍着不同领域上的研究成果，以及发展远景与规划。同时，专家们也对不同领域存在的研究问题进行了说明。其中，华罗庚在题为《指数函数和解析数论》的报告中，总结了近年来在数学这个分支中，大家所注意到的中心问题——Tarry 问题（塔利问题）、高斯圆内整点问题和华林问题等。对当时的成果，以及未来可能发展的途径，华罗庚教授也做出了自己的判断，并指出我国数学应朝着“质高、量多、方面宽”的方向发展。此外，他还幽默地表示：“无论任何人，只要把现有的结果稍微往前推进一步，他就是世界纪录的创造者。”华罗庚先生的话语，对在座的专家学者，尤其是青年学者而言，无疑有着十足的鼓舞与激励作用。在陈景润看来，这些专家们的综合性研究报告，仿佛打开了他通往数学研究新世界的大门，他惊讶于专家学者们在各自领域超前的洞见，专心致志地听着，认真地做着记录。

时间转眼就到了下午，会议来到了下半程：论文宣读。代表们轮番上台，对自己论文的主要内容进行论述。报告完毕，由专门的组长征求大家的意见与看法后，在座的代表可以直接就相关问题展开探讨。

“下面有请来自厦门大学的陈景润同志，上台宣读论文。”听到台上有人喊自己的名字，还有四周雷鸣般响起的掌声，陈景润一时慌了神，他拿着早已准备好的稿子，四肢僵硬地走上讲台。站在台上，看着下面坐着的，都是在学界有所建树的数学研究者与爱好者，陈景润紧张得大脑几乎停止运转。从开口的那一刻，陈景润的声音就开始发颤，但也只能硬着头皮读下去。可惜，陈景润并没有渐入佳境，他的朗读从微微发颤，到断断续续，再到结结巴巴得难以读完。无奈之下，陈景润只好转而用自己的老方法——板书，他想把论文的思路都写在黑板上，作为自己的表达。这样不同寻常的举动，也引得台下的代表们开始议论纷纷，对陈景润的研究充满了疑惑和不解。

饶是李文清老师这样见过大场面的人，也被陈景润的意外之举吓了一跳。大会宣读论文是有时间限制的，一场报告应控制在20分钟左右，如果陈景润用板书来表达，不说他写不写得完，就算他写完了，板书也很难让参会的代表们都看得清清楚楚。顾不了那么多礼仪细节，为了眼前的大局考虑，李文清老师走上了讲台。

“教授们专家们好，我的学生不善于表达，请专家委员会同意由我为他的论文进行补充介绍。”李文清老师真诚恳切的表达，得到了委员会的一致同意。李文清老师代替陈景润，将论文剩余的部分进行了宣读。

最后，华罗庚先生上台，对陈景润的论文进行了高度的评价与赞扬。在他看来，陈景润虽然表达能力有所欠缺，但他脚踏实地做研究，埋头苦干创实绩，学界也需要这样实干的研究者。华罗庚先生的话音刚落，台下便响起了阵阵掌声。

虽然，陈景润的表达与演讲有着明显的缺失，但好在有李文清老师的解围与华罗庚先生的补充评价，成功地转移了与会代表们的关注点，化解了陈景润在数学论文宣读大会上尴尬的局面。大家都仔细聆听着陈景润论文中的内容，并对年纪轻轻的陈景润在学术上所做出的贡献予以认可。在后续的报道中，陈景润也成了大家关注的焦点之一。1956 年 8 月 24 日，《人民日报》推出了关于这次数学论文宣读大会的报道，并特别指出："从大学毕业才三年的陈景润，在两年的业余时间里，阅读了华罗庚的大部分著作，他提出的一篇关于'塔利问题'的论文，对华罗庚的研究成果有了一些推进。"

这一场在北京举行、持续一周的中国数学会论文宣读大会，是在党中央提出"向科学进军""争取十二年内赶上国际先进水平"等口号下，应运而生的一次大会。大会的举办，不仅贯彻了国家"学术上百家争鸣"的方针，也激发了全国上下对数学研究的热爱，对推动数学研究的发展进程有着重要的意义。

会议结束后，陈景润和李文清老师一同回到了厦门大学。作为代表出席国家级的数学论文宣读大会，在会上做报告，并得到了华罗庚先生点评，还受到了《人民日报》等权威媒体的报道与宣传……陈景润可谓是载着满满的荣誉回到了母校。但陈景润并没有骄傲和急躁，他待人接物还是一如既往，只是更加充满了斗志，立志要为学界的发展做出更多的贡献。他趁热打铁，再接再厉，推进着下一项研究的开展。1957 年，他的第二篇论文《关于三角和的一个不等式》在《厦门大学学报》（自然科学版）第 1 期上发表。

这一边，陈景润的生活恢复了之前的节奏，在助教和研究工作中保持着平衡，尽心教学，专注研究，可另一边，华罗庚先生却坐不住了，他觉得陈景润是个值得培养也可以培养的好苗子，应该得到更好的发展。于是，第一次会面没过多久，1957 年，在华罗庚先生的举荐下，中国科学院数学研究所致函厦大，邀请陈景润到数学所工作。对这个由学校培养出来的好苗子，厦门大学的领导们也充满着感情，起初并不愿意放手，但考虑到中国科学院数学研究所的平台更加广阔，研究资源也更为丰富，更有利于陈景润未来的发展，几番商谈后，厦门大学最终忍痛割爱，同意了陈景润的调任。

华罗庚先生曾经说过："当然我们不鼓励那种不埋头苦干专做嘶鸣的科学工作者，但我们应当注意到科学研究在深入而深入的时候，而出现的'怪癖''偏急''健忘''似痴若愚'，不对具体的人进行具体的分析是不合乎辩证法的，鸣之而通其意，正是我们热心于科学事业者的职责，也正是伯乐之所以为伯乐。"华罗庚先生是这么说的，也是这么践行的。华罗庚先生对陈景润的第二"引"，便将陈景润由厦门大学的数学系资料室，引入到中国科学院数学研究所的殿堂，引去了一个更为宽广的数学天地。

正如作家徐迟所言："熊庆来慧眼认罗庚，华罗庚睿目识景润。"华罗庚先生对陈景润的提携与引路之功，甚至不亚于恩师熊庆来当年对华罗庚的栽培与养育。对这样的伯乐，对这样的不吝之恩，陈景润也记在心中，深为珍重。多年后，当华罗庚铜像落成之时，陈景润虽已病重住院，但仍坚持着坐在轮椅上参加了揭幕典礼。在铜像揭幕的那一刻，陈景润也在心中为自己永远的榜样华罗庚先生，深深鞠了一躬。

研习之旅

第三次北上赴京，陈景润没有了之前赴任教员工作时的忐忑，也不像之前等待论文报告那般紧张不安。这次，陈景润怀着满满的憧憬与欣喜，期待着早日见到在数学领域辛勤耕耘的前辈们，与他们一起共事，也盼望着自己有一天也能像他们一样，为学界的发展贡献出自己的力量。

中国科学院创办于1949年，前身是国民政府建立的中央研究院和北平研究院，其下设的数学研究所成立于1952年，是院内最早成立的数学专门研究机构。由华罗庚先生担任首任数学所所长，数学所内的主要成员有：闵嗣鹤教授、王元、潘承洞（闵教授的研究生）等人。在华罗庚先生的带领下，数学所这支本就人才济济的队伍，成长得更加迅速，甚至在世界数论等领域，都有着举足轻重的地位。

1957年9月，陈景润正式进入中国科学院，成为了数学研究所的一名实习研究员，他的研究生涯也开启了新的篇章。数学所按照学科类别建立了各自的研究室，包括“四学科”、函数论、微分方程、泛函分析等8个研究室。陈景润被安排在了数学所“四学科”研究室，“四学科”就是数论、代数、几何、拓扑的综合，陈景润主攻的方向是数论。陈景润的到来，为数学研究所注入了年轻的活力。在向数学所研究员介绍陈景润的时候，华罗庚曾说：“当初调陈景润来数学所，就是看中他肯于动脑筋。”

当时，数学研究所临时迁到了西苑旅社，所以陈景润报到的时候，研究员还没有统一固定的宿舍。到了1958年，数学研究所迁入北京中关村，给所内研究员们分配了住房宿舍，大家的生活才真正稳定下来。据说，当时数学所分配的住房有四居室，也有三居室，房间内采光好，装修新，还配有厕所、厨房。陈景润分到的是四居室，他和其他三位科研人员一起居住。放在当时，这样的住宿条件已经算是很好的了，也大大提升了大家的生活品质。

然而，比起居住的条件和周围环境，陈景润更关心的，还是所内的研究资源。从西苑旅社搬来中关村，已经耗费了大家不少力气，大家都打算先在单元房宿舍整理一下东西，休息一会儿。正当室友在房间整理和休息的时候，陈景润只身一人走出了宿舍楼，去寻找那令他向往已久的地方——数学所图书馆。数学所图书馆的数学文献馆藏丰富，在国内数学界一直享有盛誉。陈景润亲眼见到，才明白这样的说法并非夸张。馆内的期刊藏量丰富，有现刊，也有过刊，部分期刊甚至可以回溯至19世纪30年代。书架上的图书都分门别类地排放，一眼望去整整齐齐，满满当当。更让陈景润感到惊喜的是，馆内不仅有中文书籍期刊等文献资料，外文原著和国外先行刊物的数量也不在少数。这就意味着，陈景润以后如果想要了解国内外学界的前沿动态，查阅起来也会方便快捷许多。置身于图书馆内，看着琳琅满目，甚至一眼望不到头的馆藏书刊，陈景润觉得幸福极了，他忍不住抬起了双手，幻想着知识就在他的身边流动，汇聚成海。

经过高中以及大学的学习，陈景润对英语和俄语两门外语有了一定的掌握，基本能阅读两种外语书籍。但陈景润自己觉得，这还远远不够，为了尽可能地阅览更多外文书籍、期刊，扩大知识面，了解数学领域最新的科研动态与研究成果，陈景润为自己定下了学外语的计划：对已有基础的英语、俄语进行巩固，同时开始学习德语、法语等外语。

好记性不如烂笔头，陈景润学习外语最常用到的方法就是强化记忆。他总是随身带着三本笔记本，一本写英语单词，一本写俄语词汇，还有一本写德语、法语单词。翻开笔记本，上面密密麻麻罗列着各种单词和词组，都是陈景润在阅读文献时常遇到的生词短语。记下来后，陈景润有空便拿起来翻阅，增加自己对这些生词的印象与记忆。一开始，笔记本都是由薄到厚，满满当当写上了几十页，日积月累，陈景润的生词量一天天在减少，词汇量一天天增加，笔记本又渐渐地由厚到薄了。到后来，陈景润查字典的频率也越来越低了，看文献遇到的障碍也比以前少了许多。但想要学好外语，光记单词可不够，在有外语的环境里，才能更好地培养自己的语感和听说读写的能力。据说，为了达到这样的学习效果，当时，陈景润还用自己攒的钱，到旧货市场买了台破旧的二手收音机。因为收音机有一些故障，陈景润到图书馆借了一本《电子管原理》，现学现用地把收音机一顿整修，收音机这才勉勉强强能用。这台破旧不起眼的收音机，对陈景润来说，却有着重要的价值。在后来很长一段时间的研究生活里，收音机里的英语电台，用它那时断时续的声音，陪伴陈景润一起经历了无数场黄昏，也陪伴他度过了无数个夜晚。通过收听电台广播，陈景润的英语有了显著的进步与提高。

其实，学习外语并不是陈景润的主要任务，是他对自己额外的高标准严要求：对待外语，他总想着要将它“化敌为友”，助力他的研究。而身为一名数学所的研究员，学术研究自然是陈景润的第一要务。1961—1965年，为了贯彻国家“出成果、出人才”的方针，数学研究所的成员们上下齐心，对数学研究发起了猛攻。为了能在学术研究上有所进展，研究员们往往需要投入大量的时间和精力，攻克一道道难题。一天只有24小时，为了尽可能地有更多时间研究，陈景润都对自己时间安排有着严格的计划与要求。

清晨，陈景润会早早起床，去食堂吃早餐。陈景润回来的时候，不少人才刚起床，他们就看着陈景润一手提着厨房打来的开水，一手拎着袋子，袋子里装的是几个馒头和一点小菜，步履匆匆地往自己的房间走去。陈景润在房间里，一待就是半天，午餐就用食堂打包的小菜配馒头应付，这样能节省大量的用餐时间。吃完饭，稍微休息一会，陈景润就继续开始自己的研究与演算。到了傍晚，陈景润会按时收听英语广播，一边听一边嘴里跟着读，一句一句跟练下来，陈景润的英语也有了不小的长进。

一天过得很快，眨眼间就到了夜晚。晚上，是大多数人忙活一天后，用来放松和调整状态的时候。但陈景润却不一样，他不仅在白天重视对时间的利用，在夜晚也不许自己有过多的懈怠与放松。

起初住单元房的时候，陈景润所在的宿舍共有 4 人。熄灯之后，陈景润就坐在桌前，遮一个黑色的罩子，借手电筒的微光，开始自己的研究和演算。为了不吵到室友，他翻书都用手指捻着，平平缓缓地翻过一页，动笔的时候也收着力气，在纸上轻轻地写。然而，当他能意识到这些问题的时候，证明他还没有进入状态，等他渐入佳境，思绪飞扬的时候，他已然忘记了自己所处的环境，也忘了早已熟睡的室友。

“景润，不早了，该睡了。”陈景润在纸上疾书演算的时候，有人却为这声音彻夜难眠，实在忍耐不住了，他们便出声提醒。

“好。就睡了。”收到这样的提醒，陈景润觉得有些不好意思，和在家里不一样，他会在室友提醒以后，便马上收拾东西，灭灯睡觉。

躺在床上，听着室友们传来的轻微的鼾声，陈景润却久久不能入眠。考虑到自己住的毕竟是集体宿舍，要理解大家的感受。思来想去，陈景润觉得，以后自己还是走出宿舍，才能继续晚上的学习。

后来，陈景润在无意间发现，自己所住的单元房旁有一个厕所，面积约有 3 平方米。厕所已经废弃了许久，也没有什么异味，而且电灯还能通电。能关门，有电灯，这间其貌不扬的厕所满足了陈景润内心对于研究环境的基本要求。

“什么？你想搬到那间废弃很久的厕所去住？”领导对陈景润提的要求

很是诧异。对于住宿，一般人要换的话，都会往宽敞、明亮去要求，陈景润却和大家唱了个反调，他是往小、独间去要求，也不要求环境的干净程度。

“嗯……我习惯晚睡，开灯会影响到同宿舍的人。”陈景润也觉得自己的要求有些难以理解，他不好意思地低下了头。

“这样，如果是和室友相处有什么问题，那我们可以给你调换一下宿舍。”领导觉得陈景润看起来像有什么难言之隐，便替他开了口。

“没。不……不用。”意识到自己表达的意思可能被误解了，陈景润急得连连摇头。

几番交流下来，领导总算明白了陈景润想要换宿舍的原因。不过，领导还是希望能为陈景润安排一个更适于居住的场所，但怎奈陈景润就是看中了那间“厕所”，拗不过陈景润，领导只好答应了他的请求。

没多久，陈景润就住进了那间废旧的厕所。厕所坐南朝北，户型呈长方形，有一扇窗，面积 3 平方米左右的样子。陈景润搬进去之前，里面除了一个装好的抽水马桶外，别无他物。房里除了墙角有些落灰，墙壁有些脏以外，没什么不好的地方。陈景润搬进来后，他的床占据了过半的空间，再加上成堆的书籍，散乱的草稿纸，原本尚能通行的空间，转眼变得难以落脚。陈景润的到来，使这间常年无人问津的厕所，充满了生活的凌乱感。

就这样，在这间厕所房里，陈景润开始了自己的研究生活。陈景润独自一人，与数学为伴，度过一个又一个漫长的黑夜。他的灯，几乎总是整层楼每天最晚熄灭的一盏。能让自己晚上有个安静的环境，厕所房无疑满足了陈景润的要求，他换房的选择看来是对的。但除了安静与独立之外，这间厕所房其实并不适宜居住。在夏天倒没什么，可一到冬天，气温骤降，厕所房里没有暖气，整个空间除了陈景润以外，只有那个 100 瓦的小灯泡能产生一些热量。即使把门窗都紧紧关上，陈景润还是能感觉外面冷气从门缝里丝丝往房内游走，雾汽都在窗玻璃上凝成了水，又冻成了霜。为了御寒，陈景润几乎使出了浑身解数，他除了加裹衣服棉被外，还把不用的报纸在窗户上糊成厚厚几层，在门缝下也塞上一两卷，这样一来，厕所房内才不会有两边同时进风的感觉。

后来，数学所的研究员们又经历了一次搬宿舍，大家都搬到了一栋较为正式的集体宿舍楼内，住得也更为紧密。

考虑到数学所内原本就有一些研究员体质偏虚，患有各样病症，为了方便人员的管理，数学所便将他们进行了集中安排。陈景润的身体一直不太好，因此他也和别的病友一起，住在了另一间房。当时大家都把那样的房间称作“病号房”。大家从事研究的时候，为了研究的进展，加班加点甚至熬夜通宵，都是难以避免的情况。为了让身体虚弱的研究员们能得到较好的休息，数学所里规定，“病号房”必须晚上 10 点熄灯，好让他们早些就寝。这样的规定，是数学所出于人道主义的考虑，对特殊群体的关怀照顾，但却使陈景润犯了难。一来，陈景润有着自己的坚持和想法，在他看来，华罗庚先生对自己的赏识，是因为自己爱思考，肯动脑，而并非因为自己会睡觉和休息。因此，为了更好地达成心中的目标，陈景润宁愿把几乎所有可利用的时间都聚集起来，专心地做自己的研究。二来，陈景润已经习惯了夜里学习，他知道自己身体能承受的点在哪里，一般也不会因为熬夜而觉得过于疲累。纠结再三，陈景润用回了自己的老办法：打着手电看书。

起初，陈景润选择的是宿舍的走廊。晚上 10 点熄灯后，他就出现在走廊上，就着走廊昏黄的夜灯写字演算。一支笔、一叠草稿纸，就是陈景润在夜晚最忠实、最安静的伴侣。有时站累了，他就蹲靠在厕所外的墙旁，继续写。要是有人深夜出来上厕所，总会被墙边陈景润的身影给吓一跳。据林群院士回忆，那时候陈景润甚至养成了一个习惯，一干就是七天七夜，熬到身体受不住了，大病一场，好转以后，又连续开七天的夜车。如此循环重复，陈景润熬夜甚至通宵学习的事情，也很快就在所里传开了，大家对这位“病号房”的一员刮目相看，为他研究的热情所打动。陈景润本人却不以为意，他还是继续专心做着自己的研究。

后来，陈景润又搬到了一间位置在暖气锅炉烟囱旁边的 6 平方米大小的屋子，大家都叫它锅炉房。从废弃厕所到“病号房”再到锅炉小房，不仅面积变大了，而且冬天也没有那么冷了。他就在这一方小小天地里，继续安安静静地做着自己的研究。基本上除了必要的事情，如吃饭、打开水、上厕所需要走动走动，陈景润都没怎么走出过这间小屋，人们也很少在屋外碰见过陈景润。平时不怎么有机会碰面，大家也知道陈景润一贯喜欢独自研究的秉性，会去他房间串房的人也比较少，大多数同事都只听说过锅炉房宿舍，但并不知道这间宿舍的真实样貌。因此，当人们后来踏进这间 6 平方米的小屋，看到眼前的景象时，都深深地为之震撼不已：一张木床、一张课桌、一瓶暖壶、一堆药瓶，以及满满几麻袋的演算手稿。人们难以想象，陈景润就是在这里，度过了无数个日日夜夜，也是在这里，用无数个日夜的努力拼搏，一点一滴凝聚出了自己的研究成果。

陈景润视研究为生命的行为，令研究所里的同事们都十分敬佩与尊重，在他们眼中，陈景润早已不是“病号房”的一员，而是值得学习的榜样。陈景润为科研事业奋斗的事迹，也引起了数学所上级组织的关注。1961 年，中国科学院的内部刊物《科学简讯》还发表了一篇题为《科学怪人陈景润》的文章。人们都称赞陈景润为科学事业“安钻迷”的典型，即安心工作，钻于业务，迷于专业。

然而，令人奇怪的是，如此重视时间，想要抓紧一切时间进行研究的陈景润，有时候却会做出一些时间并没有用在“刀刃”上的事情。

林群院士就曾经见证过陈景润的这类“怪行”。当时，林群和陈景润同一年进入中科院数学所，因为都来自福建，两人也显得更加熟络。有一次，两人在数学所办公楼里一起工作，四周都静悄悄的，只听得见手翻书页和笔在纸上书写的声音。

“奇怪……”看着眼前的演算纸，陈景润自言自语起来。

“怎么了？”坐在陈景润旁边的林群，顿了顿手中的笔，抬头看向陈景润。

“你说，一个 10 阶行列式，一定就不等于零吗？这是怎么知道的，又是用什么方法演算的呢？”原来，在一篇论文里作者虽然没有明确论述自己的演算过程，却得出了这样一个结论，陈景润便对此产生了怀疑。

“既然是这么写，那作者可能已经算过了。”林群低下头，继续手中的工作。

“但我觉得不大可能，作者应该没有算过。”陈景润仍然保持自己的怀疑。

“也有可能。这个问题如果硬要算，单是乘法，就要算出 360 万项以上，即便一分钟算一次乘法，一天花 10 个小时计算，也要算上 10 多年。虽然行列式计算有一定的规律，可以用一般的‘消去法则’，但具体要花费的时间和精力，依然不可小觑。为了简便，作者直接做出结论也是有可能的。”沉思一会，林群猜想作者可能采取的解决方案。

这一次，陈景润没有回应，他默不作声做着自己手上的事情，林群见状，也继续着自己的工作。林群本以为，对这件事情的讨论，就到此终止了，没想到，一个月后，在一次偶然的聊天中，陈景润再次提起了 10 阶行列式。

“10 阶行列式的结果，确实是零。”陈景润淡淡地说道，语气平静而笃定。

“你去算出来了?”林群惊讶不已。他不敢想象，研究工作如此繁重的陈景润，为了一篇论文里某个可能不太严谨的结论，花费那么多额外的精力去演算验证它的推论过程。

“对。”陈景润点点头，声音笃定而沉稳。

无独有偶，对 10 阶行列式的求证刚告一段落，陈景润又带着新的问题找到了林群。这次，陈景润的问题是：“对一个三元五次多项式，如何能找出所有的解答?”

即便是一元多项式，也会存在很多种解答，更别说涉及三元问题，一个式子里有三个未知数，最高次项为五次，还有多个项式。对这样的式子，要找出所有的解答，听起来就像是大海捞针，既无从着手，也难以穷尽。林群对此也并没有放在心上，只当那是陈景润随口的一句问话。

没想到，过了一个月左右，陈景润找到了林群，欣喜地和他分享自己的演算成果。

“我算出来了，三元五次项的所有解答。不信你可以一个个代入方程检验，看是不是全部满足。”

“你是怎么找出来的?”林群很是震惊，他甚至不敢相信自己的耳朵。

“其实不难，找到一个就少一个。只要肯花时间，一个一个找，总能找全的。”陈景润坦诚地分享自己的经验。

虽然，两人平日里都有各自的研究任务，也常常忙得不可开交，并没有很多交流的机会，但一个10阶行列式，一个三元五次多项式，已经足以让林群感受到陈景润的毅力与决心。那样远超常人的意志力，不惜代价的全身心投入，令林群深感钦佩。

科研是一场马拉松，对科研者来说，这不仅是学术之间的较量竞力，也是自己与自己的赛跑追逐。人们想要从事这一行业，就要耐得住寂寞，也要抵得住诱惑。作为一名科研工作者，陈景润那些为人们所听到见到的事情，其实只是他研究生活中的冰山一角。正如陈景润自己所说的：“做研究就像登山，很多人沿着一条山路爬上去，到了最高点，就满足了。可我常常要试9—10条山路，然后比较哪条山路爬得最高。凡是别人走过的路，我都试过了，所以我知道每条路能爬多高。”为数学研究，陈景润付出了艰苦卓绝的努力，甚至很多在常人看来是多余的、不必要亲力亲为的事情，陈景润依旧会选择尽自己最大的努力去拼搏、去奋斗。或许，也正是这一次次的独立演算，一场场不为人所知、甚至不为人所认同的尝试，培养锻炼着陈景润的思维能力，让他的逻辑演算能力得到了多方面的拓展，开辟出了不止一条通往成功的道路。

师傅领进门，修行靠个人。华罗庚先生对陈景润有知遇之恩，调陈景润来到中国科学院数学研究所，为陈景润提供了一个研究的入口，让他能享受更好的研究平台和资源，这是华罗庚先生愿意为后辈做的，也是他所能为后辈做的全部事情。研究之路到底怎么走，怎样才能更靠近自己的科研梦想，是需要陈景润自己思考，并只能靠自己走下去的一条漫长道路。

古语有云：“取乎其上，得乎其中；取乎其中，得乎其下；取乎其下，则无所得矣。”如果一个人定了高目标，最后可能只达到中等水平；而如果制定了一个中等的目标，最后有可能只能达到低等水平；如果制定了一个下等的目标，就可能什么目的也达不到。进入中科院数学所以来，陈景润给自己定了高目标，并严格要求自己按计划执行。那一个个无声亮灯的夜晚，一本本翻到起卷的书，一页页密密麻麻的草稿纸，就是陈景润脚踏实地的坚持与付出。为数学研究，陈景润吃下了旁人吃不了的苦，也因此积累了旁人无法坐享其成的知识与经验。

厚积薄发，才能于无声处起惊雷。在数学所的几年，陈景润从研究三角和的估计及其应用入手，对解析数论领域的很多重要课题，都进行了深入研究，如对圆内整点问题、除数问题、华林问题、球类整点问题等著名问题的已有结果，进行了重要的改进与修订。1960 年代中期开始，在数学研究所专家前辈们的建议下，陈景润又转入筛法及其应用领域的研究。在这个领域，他与自己成长过程中多次听说过的谜题“哥德巴赫猜想”，有了真正意义上的正面交锋。他对“哥德巴赫猜想”及殆素数分布的研究成果，产生了广泛而深远的影响。像当年的拉曼纽扬一般，陈景润也凭自己的努力，向全世界展示了东方人的数学智慧，受到了国内外学术界的高度评价。

第六章

攀登科学高峰

数学皇冠

1742年，德国数学家哥德巴赫在给欧拉的信件中写道：随便取一个奇数，比如77，可以写成3个素数之和：77＝53＋17＋7。再取一个奇数461，可以写成461＝449＋7＋5，也可以写成461＝257＋199＋5，也是三个素数之和。由此，我大胆猜测：任何一个大于7的奇数都可以写成3个素数之和。我尝试了很多个奇数，每一次的试验均可以得到上述结果，但是却无法证明我的猜测是对的，毕竟谁也不可能把所有的奇数都拿来试一试。而我需要的是一般性的证明，而非对一个一个奇数进行尝试。看到哥德巴赫的猜想之后，欧拉敏锐的直觉告诉自己，这个猜想看起来是正确的，但在多次尝试后，他也找不到方法来证明猜想是正确的。不过，欧拉却提出了另一个与之等价的命题：任何一个大于2的偶数都可以写成2个素数之和。这个看似简单的命题却难倒了这两位国际上赫赫有名的数学家，在他们有生之年都没能找到方法证明自己的命题是对的，只好留下这个世界性的难题给后人去研究。

总而言之，“哥德巴赫猜想”的主要命题有如下两种等价的表述：

任何一个大于7的奇数都可以写成3个素数之和。

任何一个大于2的偶数都可以写成2个素数之和。

后来，这个命题被简化叙述为：“任一充分大的偶数都可以表示成为一个素因子个数不超过a个的数与另一个素因子不超过b个的数之和”，记作“$a+b$”或“(a，b)”。欧拉版本的“哥德巴赫猜想”也被称作“强型哥德巴赫猜想”“关于偶数的哥德巴赫猜想”。从这个命题也可推出“任何一个大于7的奇数都可写成3个素数之和的猜想”，这个版本的“哥德巴赫猜想”后来被称作“弱型哥德巴赫猜想”“关于奇数的哥德巴赫猜想”。现在较为常见的关于“哥德巴赫猜想”的叙述是欧拉版本的，即“强型哥德巴赫猜想”。并且，如果可以证明“关于偶数的哥德巴赫猜想”，那么“关于奇数的哥德巴赫猜想”也会是正确的。

欧拉将“哥德巴赫猜想”公之于世后，引起了很多数学家的兴趣，但18、19两个世纪过去了，没有人能证明“哥德巴赫猜想”究竟是正确的还是错误的，这也使得“哥德巴赫猜想”在数论中的地位愈来愈高，被誉为是“数学皇冠上的明珠”，其魅力不言而喻。多少数学研究者想要拾得吉光片羽，一窥真容，却是难上加难，更有无数的数学家为之付出一生，如醉如狂，最终却只能扼腕叹息。

陈景润与“哥德巴赫猜想”结下的不解之缘，要从他的中学时代说起。在英华中学的一堂数学课上，他的数学老师沈元说：“数学界有一位著名的德国数学家哥德巴赫曾提出过一个猜想，可是至今无人能解。这个猜想虽然难解，但说起来你们也可以听得懂。1、2、3、4、5、6……直至成千上百万上千万等，都是正整数，也可以说除了0之外的自然数都是正整数，而正整数又分为质数、1和合数3种数。另外，还有一个概念大家也是耳熟能详的，是大家在小学就掌握的知识，那就是奇数与偶数。然而，这些看似简单明白的数学概念，其中却大有名堂。大家尝试一下，你们任意取一个大于2的偶数，看能否把它写成两个素数之和？再尝试一下，是否有一个大于2的偶数无法写成两个素数之和？”

讲台下，同学们七嘴八舌地讨论着，沈元老师又说：“哥德巴赫在经历了成千上万次试验之后，他大胆猜测任何大于5的奇数都可以写成3个素数之和，而另一位数学家欧拉将哥德巴赫的猜想描述成一个与之等价的猜想，即任何大于2的偶数都可以写成2个素数之和。可惜的是，这两位数学家虽然有大量的数例可以证明他们的猜想是正确的，却缺乏一般性的证明。后来，这个悬而未决的猜想就被数学界命名为‘哥德巴赫猜想’。”

这时，有的同学嬉皮笑脸地说：“这听起来很简单呀，有那么难吗？我们都能听懂，那些大数学家怎么不会证明呢？这不过是个小学三年级的题目罢了。”而此时的陈景润却并未跟着其他同学起哄，只是默默地坐在自己座位上，也许在座的同学里只有他明白，这个证明“哥德巴赫猜想”与他们的距离有多么遥远。

沈元严肃地说道：“大家切不可小看这题目，世界上的数千千万，不可能一个一个代进去尝试，所以啊，‘哥德巴赫猜想’需要的是一个一般性的证明，就像是我们数学课本上的勾股定理，是一般性的证明，任何符合条件的数代进去都能成立，大家知道吗？如果你们谁能证明出这个猜想，那可是相当了不得啊！”

讲台下的同学们还在嬉笑打闹，陈景润却陷入了沉思。陈景润深知，对于自己而言，攻克“哥德巴赫猜想”仿佛是天方夜谭的事，但老师的话在他的心灵中悄然种下了攻克“哥德巴赫猜想”的种子，这颗种子一直深埋在他的心底。陈景润心想，“哥德巴赫猜想”这种连大数学家都搞不懂的事情，我们这些中学生又怎能证明得了？有的同学其实连“哥德巴赫猜想”究竟是什么都没搞清楚。不然第二天怎么就有同学兴致勃勃地拿着草稿纸给沈老师看。“沈老师，沈老师，我证明出你昨天说的那个什么哥德巴赫猜想啦！”“沈老师，你看看我写的对不对？”“沈老师，沈老师，这个猜想是不是这样写？我觉得我证明出来了，老师快帮我看看啊！”

沈元老师说：“我是说你们现在是证明不了的，很多数论里面的概念你们都还没学过呢，不过你们有这样的探索精神，我很欣慰。等你们长大了，以后学习了更多的数学知识之后，若有兴趣可以再钻研！”

同学们“哄”的一声都笑了。因为沈元老师风趣幽默，他的数学课一直都很受同学们的欢迎，陈景润也不例外。沈元老师不像其他老师只顾抱着书本讲课，而是经常提出一些有趣的数学问题激发学生思考。陈景润很喜欢挑战这些有趣的数学问题。尤其是“哥德巴赫猜想”一直深埋在他的心底，期待有朝一日自己能解开这个未解之谜。

沉寂了两个世纪，“哥德巴赫猜想”证明始终没有取得实质性进展。直到 1920 年，挪威数学家布朗首次改进了古老的筛法，证明了（9，9），这个世界级的难题重新回到国际数学家的眼睛里，开始有了进展。

1924 年，德国的数学家雷特马赫证明了（7，7）。

1932 年，英国的数学家埃斯特曼证明了（6，6）。

1937 年，意大利的数学家蕾西证明了（5，7），（4，9），（3，15），（2，366）。

1938 年，苏联的数学家布赫西太勃证明了（5，5）。

1940 年，苏联的数学家布赫西太勃证明了（4，4）。

1948 年，匈牙利的数学家瑞尼证明了（1，c），c 为常数。

值得一提的是，在 1948 年，匈牙利数学家瑞尼首次提出了“c”这个常数，因为在之前的证明中，缺乏对两个数的要求，即无法确定两个数都是素数。换言之，“c”这个常数的出现，假定了这两个数中其中一个数必须是素数，对此后“哥德巴赫猜想”的一般性证明有着开创性的意义。

此后，王元、巴尔班、潘承洞沿这个方向推进了“哥德巴赫猜想”的一般性证明，但仍然无法取得突破性的进展。

迎难而上

华罗庚是国内最早研究“哥德巴赫猜想”的数学家之一，他曾于 1936～1938 年远赴英国留学，师从哈代研究数论，开始接触并研究“哥德巴赫猜想”，1950 年华罗庚回国，毅然决然选择“哥德巴赫猜想”作为数学研究所数论研究班的主要研究课题。

自从高中数学老师沈元提及“哥德巴赫猜想”后，陈景润就从未忘却过。他在厦门大学数学系当图书馆管理员兼助教时，凭借对华罗庚的《堆垒素数论》著作中的塔利问题的一个结果作了改进，而被华罗庚赏识。经华罗庚推荐，1957 年陈景润被调到中国科学院数学研究所任实习研究员。

进入中科院数学研究所，渴望从事数论研究的陈景润终于站在了更高的平台上，并拥有国内最为优质的研究资源和更丰富的学术资源。研究所里有华罗庚、杨乐、张广厚、王元等我国数学界领军人物，可谓是人才济济。他暗暗下定决心，要好好利用身边的一切条件，在恩师华罗庚的引领下，攻克“哥德巴赫猜想”这个难题。于是，一来到数学研究所，便一个猛子扎了进去……

自从1920年挪威数学家布朗首次改进古老的筛法，证明了（9，9）之后，数学家的研究都是循着旧路展开研究并不断改进的。直到1948年，匈牙利的数学家瑞尼证明了（1，c），c为常数，将古老的筛法引到新的大路上。

1965年，苏联的数学家布赫西太勃、维诺格拉多夫和德国的波皮里证明了（1，3），距离“哥德巴赫猜想”这座“珠穆朗玛峰”只剩下最后的两步了。但，至此，维诺格拉多夫认为筛法已经被用到了极致，走到了筛法的死胡同里面，前面没有路了。

在这种情形下，陈景润当机立断，决定另辟蹊径。然而，这个过程是漫长而艰辛的，没有电子计算机，陈景润只能靠着手中的一支笔、一大堆草稿纸，夜以继日地反复演算、验证，进入了物我两忘的境界。可惜的是，用了三大麻袋的草稿纸演算之后，陈景润却发现，另辟蹊径是完全没有必要的，维诺格拉多夫的想法是欠妥的。从演算的结果来看，筛法并未走入死胡同，相反，筛法还有着巨大的改进空间。当意识到研究的方向有所偏离，陈景润及时进行了调整。他重新铺开草稿纸，推倒重来，开始新一轮的演算，对筛法的用法层层深挖，充分发挥其价值。最终，陈景润对筛法做出了重大改进，这对于之后的数论研究有着至关重要的意义。

成功需要百分之九十九的努力加百分之一的天赋。努力不一定能成功，但是不努力注定与成功无缘。陈景润经过十几年的积累和准备，终于要向“珠峰”进军了！陈景润曾给自己立下了誓言：“我要超越维诺格拉多夫!”很多人对此嗤之以鼻，嘲讽声不绝于耳，真可谓是“世人见我恒殊调，闻余大言皆冷笑”。陈景润对此却毫不在意，一门心思研究“哥德巴赫猜想”。在那个特殊时期，陈景润想突破现有的（1，3）“哥德巴赫猜想”研究成果，不仅要承受来自社会环境的压力，还要克服物质匮乏时代的生活困难。

作为一名数学实习研究员，陈景润付出了远超常人的努力。每天一杯牛奶几乎就是陈景润的营养全部来源，其余大部分时间是吃清水面和馒头蘸酱油。此外，在陈景润的杯子里，时常可以看到杯底残留的一点人参须根，那是陈景润在身体实在虚弱的时候才会做的“奢侈”的事。他常年裹着一件夹层中山装，冬去春来，翻来覆去就这么一件衣服，陈景润却乐在其中。南北方在冬季差异明显，身为一个土生土长的南方人，面对北方的严寒，陈景润靠着单薄的蓝布棉袄抗寒，寒冷让他的头脑更为清醒。

陈景润的“陋室”虽小，但却能满足陈景润在学术研究上的需求。

刚开始，他住在西苑旅社 1 号楼的集体宿舍里，后来又搬到中关村 63 号宿舍。四人间还算宽敞，但住的人也多，陈景润几乎没办法静下心来做研究，而且晚上他做演算开着灯也会影响其他人的睡眠。可是，要陈景润停下手中的演算对他来说几乎是不可能的事情！于是，到了晚上，他就把灯放在被子里，捂着被子躲在小小的气闷的被子里做演算，他也曾试想过买个灯罩，但这都不是长久之计。陈景润偶然发现的厕所间，倒成了他心向往之的寝室。废弃的厕所间虽小且简陋，但胜在单独私密，在里面做研究不会被打扰。在得到领导批准及舍友同意之后，陈景润当天就搬进了大约 3 平方米的厕所间里，一住就是两年。

这个仅有 3 平方米的厕所间连一张常规大小的床都放不下，更别提还有什么大件家具了。如果硬要说这个房间还有什么家具的话，那就是一张瑟缩在门后勉强能睡得下一个人的床。有了它，陈景润终于不用倚靠在马桶上过夜了，但是因为床铺紧挨着房门，进门的时候还要侧身才可以把门关上。陈景润本想再搬一张书桌进来，但是看看眼前这个小小的连脚都快没地方放的“陋室”，只好打消了这个念头。但没有地方写字怎么行呢？想来想去，陈景润决定直接用床来做书桌。白天，他把床单掀起来，晚上要睡觉的时候再把床单放下去。他又去外面找了几个砖头回来做凳子，放在床边。如此一来，一个小小的简易工作室就建成了。这样简陋的环境，换了别人恐怕一天都待不住，但是陈景润却乐得自在，兴冲冲地搬进了他的“演算室”，简单收拾了一下就住下了，当天晚上就继续他的研究工作。

陈景润入住“厕所间”的初衷，就是想拥有属于自己的学习天地。好不容易愿望实现了，也不用担心会影响到别人了，陈景润无疑充满感恩与珍惜。房门一关，他就在数学的海洋里肆意畅游，沉浸在属于自己的数学世界中。我们几乎可以在脑海中想象出这样的画面：小小的房间一览无遗，家具只有一张床，陈景润靠着床边，坐在砖头堆起来的“凳子”上，在昏暗的煤油灯下，奋笔疾书做着演算，草稿纸在床边一堆挨着一堆。思索时，他时不时地扶一下啤酒瓶底一般厚的镜片，眉头紧锁，停滞一会儿后又下笔演算。草稿纸像落叶一样飘洒，满地都是，上面的一笔一划都是陈景润的心血。

后来，陈景润又从这个 3 平方米的厕所间搬到了宿舍楼的一间锅炉房，这个 6 平方米呈刀把形的锅炉房就成为了陈景润的新“陋室”。新“陋室”里面终于可以放得下一张书桌了，油漆脱落的旧式书桌，再加上一把坐起来就咯吱咯吱响的木制椅子，就组成了陈景润的新“战场”。书桌的前面是一扇掉了漆的窗户，不能完全合上，但勉强能够遮风挡雨，窗框的色泽也早已斑斑驳驳。窗台上摆着一些空的装牛奶的瓶子和药瓶，在刀把形的拐弯处，陈景润把装有草稿纸的几个麻袋放在这里，他充分地利用了房间的每一寸空间。

在我们的眼里这是个“陋室”，但是在陈景润的眼里，却是“五脏俱全”的麻雀。这小房间完全可以称得上是“无丝竹之乱耳”的一方净土。在这间 6 平方米的锅炉房里，陈景润化平凡为神奇。当初，苏联的数学家维诺格拉多夫证明（1，3）是借助大型计算机完成的，当时陈景润做研究没有大型计算机可用，他只能在自己小小的天地里用一支笔做演算。最终交上去的 200 多页论文，全是靠他的手和大脑算出来的。要知道，数论里的公式数不胜数，陈景润能信手拈来又付诸纸上，是多么令人佩服的一件事。中学时代的陈景润被同学们起外号叫“Booker”，就是书呆子、读书迷的意思。虽有戏谑的意味，但也让我们从侧面见识到陈景润中学时代就有着超强的背诵本领，对数学的痴迷更是达到了物我两忘的境界。后来，陈景润回忆自己的中学时代，曾说过，他当时读书不只满足于读懂，而是要把读懂的东西背得滚瓜烂熟。像鲁迅先生一样，静默观察，烂熟于心，凝思细想，然后一挥而就。陈景润是这么说的，也是这么做的。从中学时代就开始注重积累、背诵的陈景润，在之后的研究岁月中终于能够厚积薄发，在演算题目时信手拈来，以人脑挑战计算机的计算量，令人叹为观止。也正是因为这样，别人解不出来的难题，他可以解答出来，别人想不到的公式，他可以想得到。旁人只看到了他最后摘取“哥德巴赫猜想”明珠的辉煌，却没有看到他数十年如一日地在“陋室”之中埋头苦算，滴下来的汗水深深地浸湿了一张又一张演算纸。

他经常一头扎进自己的房间里，很久都不出来，也不与人说话。在万籁俱寂的时候他满脑子都是演算题目，都是“哥德巴赫猜想”，他在尝试着各种各样的方法，演算着各式各样的题目，向着遥远而神秘的云霄之巅一步一步艰难攀爬。他的大脑就像是一台人工计算机，储存空间之大是我们难以想象的，运行速度之快更是难以置信的。这些正得益于他的专注与认真，可以一门心思地钻研数学。甚至别人来他房间拜访，都要敲上很久的门，他才能感觉得到。

拖着自己孱弱多病的身体，陈景润摇摇晃晃地一步步艰难地攀爬着，他大口呼吸着稀薄的空气，却未曾有一日想过放弃。若是有旁人在场的话，也许会跟他说“算了，罢了，不要白费劲了”，即使有着钢铁般的意志，这样的话听多了，也难免会生出懈怠之心。为了避免这种情况的发生，陈景润毅然决然地切断了自己与外界的联系，把自己封闭了起来。封闭式的研究还给了他一片清净之地。而事实证明，那 6 平方米的小小世界，对他而言，就像是一个小小的桃花源，一扇门将外界的喧扰都挡在门外，只剩下一片属于陈景润的天地。在这一方天地里，陈景润以笔为杖，孤独地攀登着那座数学高峰。

为了自己心中的目标，陈景润对“哥德巴赫猜想”的演算过程倾注了大量心血。他常常凌晨 3 点就起床工作。同事林群常常看到，宿舍熄灯之后，陈景润还抱着一个暖壶，在厕所旁边的洗漱间里席地而坐，完全不顾路人惊异的目光，自顾自地认真演算。这样起早贪黑的作息习惯，陈景润已经坚持了很多年，他付出了超乎常人上百倍的努力，牺牲了自己睡眠、娱乐的时间，如果可以的话，他甚至愿意将生命的每一分钟都献给数学研究。

1966 年，陈景润历经了成千上万次的不断试验、改进、推倒、重建，最终才取得了突破性的进展。他引进了一个转换原理，即每一个大偶数都是一个素数与一个素因子个数不超过 2 的殆素数之和。利用这个转换原理，再借助维诺格拉多夫中值公式及筛法，陈景润终于证明了（1，2），即“每个偶数都是一个素数及一个不超过两个素数的乘积之和”，使他在“哥德巴赫猜想”的研究上居世界领先地位。

陈景润用他瘦弱的身躯扛起了“哥德巴赫猜想”的大旗，克服重重困难，冲上世界学术高峰。陈景润用自己宝贵的十几年青春时光，填补了数学研究史上的一大片空白，也为世界数学理论研究史写下了浓墨重彩的一笔。

在数学这座高峰上，陈景润无疑是一名真正的“攀登者”!

摘取明珠

1966 年的一天，陈景润带着自己 200 多页的论文手稿，叩开了一扇门，这扇门“吱呀”一声打开后，陈景润见到了他人生中最为重要的老师之一——闵嗣鹤教授。闵教授在此之前曾与陈景润有过一面之缘，他为人正直，也是一位将数学研究视为一生所爱的知名数学家。陈景润一直对闵教授敬重有加，因而带着自己已经完成的稿件来寻求闵教授的帮助。

“陈景润，你是遇到了什么难题吗？快进来说话。”闵教授一边说着，一边把陈景润让进了房间。

陈景润涨红了脸，不敢抬头，深吸了一口气，终于鼓起勇气说：“闵老师，我好像证明出了‘哥德巴赫猜想’。”

闵教授大吃一惊，睁大了眼睛，不可思议地问：“真的吗？证明过程在哪里？我现在就想看。”

陈景润指着厚厚的一摞纸说：“在这里，您是我很信任的人，我也不知道我这样证明到底对不对。”

闵教授如获至宝般地把这 200 多页论文打开，捧在手心里，一页一页地仔细翻阅，随后发问：“你是想让我帮你审稿对吧？”

陈景润兴奋地搓着手说：“是啊，希望您能帮我。”

闵教授沉吟半晌，仿佛是接下千斤重担一般，随后缓缓说道：“好。”

陈景润开心极了，连声道谢。事实上，当时的闵教授由于多年来的超负荷运转，已是重病在身，体力衰弱，但当他听到陈景润有可能证明出了“哥德巴赫猜想”时，他的双眼也闪动了渴求的光芒。毕竟，“哥德巴赫猜想”是百年来令多少数学家望而却步、高山仰止的顶峰啊！想到这里，闵教授的内心激动不已，然而，没有多少时间给他犹豫和感怀，闵教授随即就开始了审稿。说是审稿，其实在看手稿的同时，他仿佛也在陪着陈景润一同思考。桌旁灯火摇曳，闵教授一边看，一边激动着，额头上有细细密密的小汗珠渗出。闵教授明白，这将是一场艰苦与惊喜并存的持久战。陈景润已经孤身一人冲上了敌人的高地，现在将由他帮助陈景润稳固阵地，见证胜利的到来。他把论文放在床头、书桌，几乎没有停下来的时刻，甚至于在闵教授的梦里，也频频出现公式和数字。

在整整 3 个月的苦战后，闵教授终于完成了审稿任务，而此时他的身体也因为长时间的伏案工作，损耗了许多精力。他知道，对于一个上了年纪的人来说，这样的工作量，已经在燃烧所剩无几的生命热情了，但他并没有临阵退缩，因为在闵教授看来，一个人的生命，如果没有一次热烈而澎湃的浪潮，那么这一生即使岁月漫长，也会因平静无波而留有遗憾。自己的学生陈景润对研究一事尚且有着匹夫之勇，那么作为老师，更是不能有一丝一毫的怠慢。当闵教授重新把这 200 多页珍贵的手稿资料交还给陈景润的时候，他也深深地吐出了一口气。

当陈景润看到闵教授为了自己审稿而殚精竭虑，仿佛经历了一场大战的疲惫的样子时，他眼眶湿润了，不善言辞的他用颤抖的声音说道："闵老师，您辛苦了。"

对于闵教授的付出与贡献，作家徐迟曾在《哥德巴赫猜想》中这样描写："闵嗣鹤老师给他细心地阅读了论文原稿。检查了又检查，核对了又核对。肯定了，他的证明是正确的，靠得住的。他给陈景润说，去年人家证明（1+3）是用了大型的高速电子计算机。而你证明（1，2）却是完全靠你自己运算。"闵教授最终给出的建议是：论文证明过程是正确的，但是篇幅冗长，建议简化。这样，1966年5月，陈景润只在《科学通报》发表了一篇（1，2）证明的摘要式报告。

陈景润自小体弱多病，但是却顽强地挺过了一个又一个危险的时期。一次次的历练，也让陈景润逐渐强大，他的肩膀也能扛起更多的责任和担当。

在书桌上写字的时候，陈景润不禁想起了小的时候，自己也是跟弟弟妹妹一起挤在昏暗的煤油灯下看书写字的，大姐大哥在学习，他和弟弟妹妹也在旁边抱着书本假装可以看得懂。小时候，孩童对于知识的渴求是源源不断的。学龄前的陈景润就是这样，他憧憬着上学的美好时光，总想着什么时候可以像大姐大哥一样，背着小书包，里面装满上课的书本，和其他同学一样端端正正地坐在书桌前。大姐知道陈景润好学，有时也会给弟弟讲一点课上的知识，陈景润总是睁大了眼睛，认真地听着大姐讲话。这样的日子对于陈景润来说，实在是太美好了，还好陈景润的父亲是一位相信"知识改变命运"的长辈。在那个战乱的年代，父亲克服重重困难让孩子们有学可上。陈景润没有辜负父亲的一番苦心，这么多年来，他一直把学习视为人生最重要的事情，践行着自己当初对父亲的承诺。

父亲的谆谆教诲犹在耳畔，陈景润告诉自己，不管前面的路有多么黑暗，都不能放弃对数学的追求，不能辜负父亲的良苦用心，更不能辜负这一路走来那些曾经帮助过自己的人。想到这里，陈景润重整旗鼓，再次向简化"哥德巴赫猜想"（1，2）的山峰进发。他坚定地拿起了笔和草稿纸，一遍又一遍地演算。昏暗的煤油灯下，只有一个微弯的背影，那么孤独，又那么强大。

虽然历经重重困难，攀登者陈景润在坚持不懈的努力之后，已将数论皇冠上的明珠——“哥德巴赫猜想”收入囊中。然而，这颗明珠过于珍稀，世人并不一定都能欣赏。因此，在摘得明珠之后，该如何将它展现在世人面前，成了陈景润需要面对的又一道难题。

简化证明的过程一点也不比证明的过程简单。更加雪上加霜的是，与陈景润简化（1，2）证明过程“并肩前进”的还有他的腹膜结核症。行走在数学高峰上的他，喘息声越来越急促，腹部的疼痛常常让他汗流浃背，坐在桌前，因为疼痛的加剧常常会看到大滴大滴的汗珠从他额头渗出。由于腹部的炎症，陈景润时常处在低烧的状态，但出汗又会缓解他的低烧。于是他就在这种疼痛、低烧与冷汗的反复折磨下，咬紧牙关一步一步向前爬。有时候疼痛太过于剧烈，他只好蜷缩起来，痛苦地捂着肚子，像一只扭曲的虾米。但即便如此，他也会抓住与痛苦之神斗争的间隙，趁它走神，下一次疼痛尚未到来的时候，陈景润就拿起手中的纸笔，在死神的眼皮底下，咬着牙颤巍巍地写着演算纸。

就算日复一日遭受着折磨，陈景润都硬扛着不去医院，就怕医生让他住院会耽误他做研究的时间。有的同事实在看不下去了，劝说陈景润去休息，去医院看看医生。陈景润用力地舒了舒眉头说：“谢谢你，我真的停不下来，我也不能停下来。”

陈景润并非不知道“病来如山倒，病去如抽丝”的道理，腹膜结核病不可能那么快就能好，他也不可能等病好了再来做研究。他明白，自己不能倒下，一旦躺下了，可能就不知道什么时候可以站起来，也不知道（1，2）的简化过程什么时候可以完成了。陈景润暗下决心，为了“哥德巴赫猜想”的最终胜利，他绝不能轻易倒下。

这样的研究状态，陈景润整整持续了7年，他几乎花费了生命中九分之一的时间来简化自己的“哥德巴赫猜想”（1，2）的证明过程。这其中，有着常人难以想象的困难，耗费了他大量的时间与精力。

一分耕耘，一份收获。陈景润终于迎来了硕果累累的季节。他终于把

（1，2）的证明过程成功简化了，他兴高采烈地将简化版的论文手稿，拿给敬爱的闵嗣鹤教授审阅。欣慰之余，闵教授也马不停蹄地再次开始了对简化版论文的审稿。

正如徐迟所言：“闵嗣鹤老师却能品味它，欣赏它，观察它的崇高瑰丽。他当时说过，‘陈景润的工作，最近好极了。他已经把“哥德巴赫猜想”的那篇论文写出来了。我已经看到了，写得极好’。”闵教授对于陈景润的影响，并不亚于华罗庚老师对陈景润的影响。遗憾的是，1973 年 10 月 10 日，闵教授因劳累过度去世，享年 60 岁，此时距离闵教授重审陈景润论文时间并不长。闵教授的离世，是中国数学界的重大损失，也给了当时尚卧病在床的陈景润沉痛一击。

1973 年，陈景润的论文审阅过程已经完成，但要将其交给谁倒是成了一个新的问题。在好友的提醒下，陈景润决定去找李尚杰书记寻求帮助。

说到李尚杰书记，就不得不提到他和陈景润的一段往事。李尚杰曾是军人，军人的使命就是为国效力。机缘巧合，他与陈景润在数学研究所相遇了。起初，他们彼此并不觉得对方有什么特别之处，后来，李尚杰在听说了很多关于陈景润为人津津乐道的奇闻逸事之后，对这位“科学怪人”产生了浓厚的兴趣，他也想见见这个传说中的“怪人”。那时候，李尚杰还常常看到有一个人穿着棉大衣，低着头从他的办公室门口路过，径直去往隔壁的资料室。他一直很好奇这个人到底是谁。刚巧有一天，李尚杰有事情找陈景润，就请他来自己的办公室一趟。一见面，李尚杰才知道，原来那个穿着棉大衣，常常路过他办公室门口的人，就是陈景润。对李尚杰的关注，陈景润一概不知，他一心只在学术研究上，并不太了解刚调任来不久的李尚杰书记是谁。陈景润战战兢兢地到了李书记的办公室，李书记热情地请他坐下，陈景润忙不迭地回应：“谢谢，谢谢李书记。”

“陈景润同志，你好！我是李尚杰。”李尚杰边说边把手伸向陈景润。

正打算坐下的陈景润一打挺又站直了，小心翼翼地握住李尚杰的手说：“李书记，您好。”

两人坐定后，李尚杰微笑着说：“一直听说你身体是不大好的，近来如何?”

“都蛮好，不碍事的。”陈景润憨厚地说，“我这病好久啦，我都习惯了。”

“那也是要注意身体的，毕竟身体是革命的本钱。”李尚杰停了一会儿，又试探性地问道，“今天下午，我可以去你的房间看看吗?”

陈景润踌躇了一会儿，不好意思地放低了声音：“我的房间很小，不过您要想过来的话，我晚点在楼门前等您。”

“好，那就这样说定了!”李尚杰生怕陈景润反悔似的，赶忙接过话来。

陈景润回到自己的蜗居世界，想来想去，觉得李尚杰书记是他的小房间里的第一位客人，自己应该把房间收拾收拾。他从箱底把崭新的蓝白格子床单拿出来，这可是他从来都舍不得用的新床单。简单打扫之后，陈景润就等着下楼去接李尚杰书记了。

当李尚杰走进陈景润房间的时候，他惊得目瞪口呆！难以想象，这么小的地方竟然住着一位伟大的数学家！冷飕飕的，阴暗潮湿，与外面的明媚阳光形成了鲜明的对比，完全不像是在同一个世界。唯一看得过去的就是铺在小小的床上宽大的蓝白格子床单，床单还太长了，有一部分拖在地上。屋子里堆着好几麻袋的草稿纸，窗台上高高低低摆着一些牛奶瓶子和药瓶子，窗户也是用木板和报纸包起来的，一点光线都透不进来，李尚杰想要找电灯的开关，把灯打开，但是找也没找到。陈景润不好意思地说：“我这里是没有灯的。”李尚杰书记听完沉默了。

静默了半晌，李尚杰生气地说：“这样的环境怎么行？明天我就差人把电灯给你装上，窗户也换了。”

“太麻烦了。”陈景润摆摆手，接着说：“煤油灯挺好的，我都用了快十年了。至于窗户，我也觉得不要紧。”

李尚杰叹了口气说：“你的身体本就不好，这样的环境不适合你，我能做的也就是这些。不要再推脱了，明天就给你换电灯和窗户。良好的环境才有助于你做研究。”

在李尚杰的极力坚持下，陈景润终于松口了。第二天，久违的明亮重新回到了陈景润的房间。看着窗明几净的小房间，陈景润的心情无比舒畅，一股暖意陡然涌上了心头。

正是在这一来一去之间，李尚杰与陈景润缔结了深厚的友谊，这也就是为什么陈景润在发愁论文如何发表的时候，会想到找李尚杰帮忙的原因了，因为陈景润信任李尚杰。

1973 年春节后，陈景润拿着自己的论文找到李尚杰，说："李书记，我证明出'哥德巴赫猜想'了，请您帮我把它交给组织。"

李尚杰明白这篇论文的重要性，他马上找来王元教授一起商量。王元教授曾是在"哥德巴赫猜想"问题上有过卓越贡献的数学家，在订正了陈景润的论文之后，他力主尽快发表。不久，陈景润的《大偶数表为一个素数及一个不超过两个素数的乘积之和》，也就是"哥德巴赫猜想"（1，2）论文，在《中国科学》杂志上发表。这个成果使他与王元、潘承洞在 1978 年共同获得中国自然科学奖一等奖。

这是一篇"无价之宝"的旷世论文！一经发表就在国内外引起很大反响，受到世界数学界和国际著名数学家的高度重视和称赞。当时，英国数学家哈伯斯坦和德国数学家黎希特急于把陈景润的论文写进他们合作的《筛法》一书中，他们特意增加了一章"陈氏定理"。在这一章的第一页写道："我们是在前十章已经付印时才注意到这一结果的，从筛法的任何方面来说，它都是光辉的顶点。"从此，陈景润的名字被永远地铭刻在了世界数学史上，"陈氏定理"也受到世界数学界同行广泛征引。

美国科学院副院长在率团访问中国之后，于 1979 年在美国数学会通讯期刊上载文说："中国数学所，华罗庚的一批学生，在解析数论方面做出了出色的成绩。近来，那里所得到的杰出成果是陈景润的定理，这个定理是当代在'哥德巴赫猜想'研究方面最好的成果。"世界数学大师安德烈·韦伊说：陈景润的工作就好比是在喜马拉雅山的顶峰上行走，每前进一步都非常困难。英国数学家赫胥黎向陈景润祝贺：你移动了群山。

"陈景润"这个名字如同耀眼的明星，闪耀在"哥德巴赫猜想"的明珠之上。中国数学界熠熠发光的明星升起来了，全世界都看到了陈景润，也透过陈景润看到了中国数学界。

陈景润在 20 世纪 50 年代即对高斯圆内格点问题、球内格点问题、塔利问题与华林问题的已有结果，做出了重要改进。60 年代后，他开始向“哥德巴赫猜想”发起挑战，对筛法及其有关重要问题进行广泛深入研究，直到 1973 年摘取“哥德巴赫猜想”的明珠，陈景润把大好的青春时光都奉献给了“哥德巴赫猜想”，奉献给了祖国。

的确，陈景润为攻克“哥德巴赫猜想”付出了他的一生，从中学时代听到沈元老师提到“哥德巴赫猜想”到写出论文，这么多年，他风雨无阻，攻坚克难，迎难而上，最终摘取明珠。“海到无边天作岸，山登绝顶我为峰”。如在喜马拉雅山巅上行走的陈景润，这一次终于让全世界看到他了，看到中国了。陈景润的名字已载入史册，成为中国数学史乃至世界数学史上光辉的印记，与“哥德巴赫猜想”一起熠熠生辉。

陈景润研究“哥德巴赫猜想”的初衷，是源于对数学的热爱，但究其根本，还是因为陈景润那份浓浓的爱国情怀，在陈景润的心里，他未曾有一日忘却过祖国和人民，将自己短短的一生全部奉献给了国家，奉献给了数学研究。“病骨支离纱帽宽，孤臣万里客江干。位卑未敢忘忧国，事定犹须待阖棺”。陈景润对国家、对人民都秉持着一颗赤子之心，虽然他并不是驰骋疆场的战士，但是他用笔为武器，在数的世界里驰骋酣战，为中国争得了荣誉，同样打赢了一场漂亮的战役。

胜不骄，败不馁。即便成为了声名赫赫的大数学家，赢得胜利的陈景润依旧谦逊好学，他依旧保持着对自己近乎苛刻的学习习惯。时过境迁，身为一名在数学界有过成绩的前辈，他也曾对青少年有所展望：

“我希望同学们一定要爱惜宝贵的时间，在老师的指导帮助下，努力学好数、理、化，以及其他各科的知识，锻炼好身体，为我们伟大祖国的现代化建设做出自己的贡献！”

老一辈的科学家们常常以科学研究为己任，没有条件就创造条件，不为名不为利，只为自己心中的信仰。他们走在困难丛生的道路上，善用智慧，肯下苦功，为后人开辟出一条条通往科学高峰的道路，留下一句句语重心长的话语。身为后人，我们理应对这样的教诲铭记于心。

第七章

享誉大江南北

组织温暖

在陈景润攻克“哥德巴赫猜想”（1，2）之时，组织上也曾给陈景润很多温暖，这些温暖的记忆一直留存在他的心间。

1972年，中国科学院数学研究所来了一位“周大姐”，在所里担任政治部主任一职。周大姐在了解了“科学怪人”陈景润的具体情况及一系列事迹之后，对陈景润坚持不懈的数学研究精神十分钦佩。周大姐把陈景润的情况告诉了李尚杰书记，李尚杰书记对陈景润其人也产生了兴趣，直到真真正正见到陈景润之后，他才相信坊间传闻并不都是事实真相。为了给陈景润的生活带去温暖，周大姐与李尚杰书记都对陈景润关怀备至。在李尚杰的帮助下，陈景润的小房间装上了电灯，也换上了新的窗户，陈景润的房间再次灯火通明，温暖流淌在心间。周大姐、李尚杰书记这些曾经在患难时期帮过陈景润的人，陈景润都牢牢地记在了心里。

1972年冬天，北方的夜又冷又漫长，陈景润是一个南方人，对于北方干冷的天气是不大适应的，再加上连日来一直苦心研读“哥德巴赫猜想”的相关资料，陈景润本就虚弱的身体有些撑不住了。牙齿发炎，牙床也肿起来了，时不时会诱发锥心的疼痛，导致陈景润没办法专心致志做研究。可是陈景润坚持不去医院，一来是怕耽误时间，二来也是怕平添麻烦。李尚杰书记在一次探望陈景润之时得知此事，当即就表示陈景润要去医院看病。

但是这个决定却遭到了陈景润的拒绝，陈景润一方面认为去医院很费时间，另一方面排队挂号的人很多，自己也很难挂上号。得知了陈景润的顾虑之后，李尚杰书记当即表示让陈景润第二天早上就去医院，自己帮忙挂号。虽然心中尚有疑虑，但看着李尚杰书记坚定的眼神，陈景润决定相信李书记。第二天，陈景润早早地赶到了医院，看到了远远就朝他招手的李尚杰书记，李尚杰书记兴奋地说："快进去吧，我拿到号了。"

陈景润赶紧连声道谢，拿着号就去看医生了。医生在检查了陈景润的牙床和牙齿之后，开了药，还嘱咐了一些注意事项。后来陈景润才知道，为了给他挂号，天刚蒙蒙亮李尚杰书记就起床来排队了，而且还跟医生沟通，希望能简化他后续复查的流程，让他不用挂号。想起来刚才在冷风中忍受着寒冷和困意的李尚杰书记，陈景润感觉十分温暖，从心底里感激组织对自己的关怀和照顾，他暗下决心，要把自己的论文早日完成，交给组织。

数学所里和李尚杰书记一样，为科研工作者服务的同志还有很多，他们不仅对陈景润这样声名在外的研究者关怀备至，对数学研究所里的其他研究员也一视同仁，他们深知科学研究是极不容易的，尽量尽一己之力帮助他们改善生活条件，帮他们解决困难，好让科研人员能专心致志地做研究，为国为民做贡献。1973 年 2 月，转眼就到春节了，大街小巷张灯结彩，年味一天比一天浓。而离家多年的陈景润对于春节这一节日，早已没有什么感觉了，再加上复杂的社会现状，陈景润只觉得能过好一天算一天，春节与平常生活没什么区别。但是周大姐和李尚杰书记却不这么认为，他们感念这些在新春佳节来临之际，还奋斗在科学研究一线的研究员们，于是，他们征求了组织上的同意，在春节前夕慰问一下这些科研人员，尤其是像陈景润这样带病坚持工作的人。春节前夕，周大姐和李尚杰书记一行人提着水果，来到研究所的宿舍楼前，看到正要回去的陈景润，立马叫住了他，并送给陈景润一袋水果，陈景润百般推托，直到周大姐和李尚杰书记说这是组织给的，一定要收下，陈景润才接了过来。

得到了组织上的关怀，陈景润也越发有了干劲儿，他明白自己不是一个人在战斗，一定要好好努力。

不久后，在一次科学院全院党员干部大会上，武衡同志在会上以匿名的方式提到："我们的科学研究取得了重大进展，这要得益于我们数学研究所的一位研究员，用自己的刻苦勤奋努力，换来了一份世界水平的学术成果，这样的精神是值得我们学习的。"

李尚杰书记笑而不语，旁人看到的是陈景润现在的春风得意，却未曾看到在这光鲜亮丽的背后，是陈景润20多年的刻苦勤奋和忍辱负重，这是多么的不容易啊。

台上一分钟，台下十年功。陈景润的这20几年，将自己人生最美好的年华都奉献给了党、国家和人民，献给了他一生追求的数学研究。

然而，就是这样一位"移动了群山"的人物，在取得傲人成就后，却仍住在6平方米的锅炉房里。长期伏案及遭遇"文革"造反派的冲击，严重影响了陈景润的身体健康。陈景润深知自己的身体已经不如往昔了。论文发表之后，陈景润腹部的阵痛一次比一次强烈，间隔时间也一次比一次短。其实，在陈景润研究简化证明过程的时候，他的病已经日渐严重了，但是他担心去医院会被要求住院治疗，这样会极大地影响到他的研究工作。所以他就靠着自己顽强的毅力去硬扛，直到论文交了，他这提着的一口气才有时间松懈下来。此时，病魔就像脱出牢笼的老虎一般，想要趁机吞噬陈景润。然而，即使身体疼痛难忍，陈景润依然不敢去医院，他总是怕会出问题，也不想给组织添麻烦。

"哥德巴赫猜想"（1，2）论文面世后，更多的人知道了陈景润，组织上也逐渐了解了陈景润的光辉事迹以及对世界数学界做出的卓越贡献。

1973年，在得知了陈景润的病情之后，毛主席明确指示"要抢救"。在毛主席的关怀下，在中科院领导武衡和数学研究所书记李尚杰的督促与劝导下，陈景润终于同意住院治疗。

入院后，陈景润动情地对身边的工作人员表示："谢谢毛主席，谢谢党，谢谢组织，谢谢人民，也谢谢数学研究所的领导和同事。"心中的万千感动化作了一声声"谢谢"。

看着陈景润终于同意接受治疗了，中科院的其他人也总算松了一口气。晚上，躺在医院的病床上，陈景润的眼泪止不住地流，组织上的关怀与照顾，如冬日的暖阳，温暖着他的心房，融化了他心中的冰山，毕竟，在那个年代，一个专攻业务的研究员，一个木讷而不善交际的人，难免会有各种委屈和不快。想到人民的伟大领袖毛主席、敬爱的周总理，他们日理万机，却还不忘关心自己这样一名普通科学工作者，陈景润更加坚定了决心：等出院了，自己要继续好好做研究，和大家一起携手共同为国家的科研事业，做出自己应有的贡献，这样才不辜负组织对自己的关怀，不辜负祖国和人民对自己的厚爱。

迎接科学的春天

当清晨的第一缕阳光照进陈景润的“陋室”时，陈景润以及千千万万的科技工作者感觉到，科学的阳光将洒满华夏大地。

1973 年，陈景润凭借《大偶数表为一个素数及一个不超过两个素数的乘积之和》一文在世界数学界崭露头角。消息刚出，轰动一时，这个为国为民做出巨大贡献的人物，霎时间成为了家喻户晓的“英雄”，各大报刊记者轮番上阵，想要探问与采访陈景润丰功伟绩背后的故事。而此时陈景润的身体状态却每况愈下，虚弱无力。连日的低烧和持续的腹痛，让陈景润日渐憔悴。在毛主席的亲笔指示下，组织上将陈景润送去医院接受治疗，这令陈景润感激不已。住院期间，陈景润得到了医生护士的悉心照顾，这一住就是将近两年。两年里，陈景润一边接受治疗，一边继续做数学研究，心情格外舒畅，病情也逐渐好转，他从内心感激党和人民的关怀和温暖。

1974 年，周总理南下广州之时，了解到了陈景润的近况与事迹。周总理对此高度重视，在对陈景润的数学成就给予充分肯定的同时，还极为赞赏陈景润不屈不挠、勇攀科学高峰的可贵品质。为了表彰陈景润不懈努力的研究精神，为青年学者们树立良好的榜样，在周总理的关心下，陈景润当选人大代表，并出席第四届全国人民代表大会。

时任中共中央副主席的华国锋同志也十分关心陈景润的身体状况，在陈景润住院期间，华国锋副主席多次派人问候，并做出多项批示。中央领导对陈景润的关怀与厚爱，让陈景润感动不已。当尚在医院接受治疗的陈景润，接到所里传来的正式通知，得知自己被选为人大代表，并要出席第四届全国人民代表大会时，陈景润难掩内心的激动，不禁热泪盈眶，他感激祖国、感激党、感激人民对他的信任与支持。

1975 年 1 月 13 日至 17 日，第四届全国人民代表大会第一次会议在北京隆重召开，陈景润作为人大代表参会。在参会前几天，陈景润便紧张了起来，一方面，他从未参加过这样隆重的会议，不知道该如何准备；另一方面，这次会议非同小可，陈景润生怕自己会出什么差错，辜负大家对他的信任。参会前一天晚上，陈景润调整了自己的心态，同时也开始收拾自己的行李。他把被子卷起来，塞进一个大大的包里，另外还带了一个脸盆，因为他不知道宾馆有没有这些物品。收拾好住宿要用的东西后，陈景润还不忘把一本数学书塞在包裹的最下面，他想着要是有空闲的时间，也能拿起书看一会儿，不会白白浪费时间。就这样，陈景润忙碌着打包和收拾，不知不觉就到了深夜。再一次检查所带的行李没有问题后，陈景润才放心地上床睡觉。

第二天早上，陈景润早早就起床，洗漱完毕后，他把要携带的行李放在房间的门口，静静地等着来接他去参加会议的车。李尚杰书记一行人来到陈景润的小房间，准备接他去参加会议，看见带着大包小包行李的陈景润，他们十分不解。

“陈景润，你带这么多东西做什么?”李尚杰疑惑地问。

“要去参加会议，这些是要带的。”陈景润红着脸说。

“不用带行李的，尤其是脸盆，宾馆里面有的。”李尚杰一眼看到了那抹红色。

“这样方便，不然那么多人用一个脸盆，不够用还要排队的，我还是自己带着，这样就能节约点大家的时间。”

李尚杰哭笑不得，但看着陈景润一脸认真的样子，也就没再说什么了。

来到会场后，陈景润才发现，自己既没有被编入中直机关代表团，也不在老家福建的代表团，而是被编入了天津代表团，与周总理在同一个小组。陈景润有些受宠若惊，也一下子明白了周总理重视和保护知识分子的良苦用心。

大会开始后，周总理在庄严的人民大会堂上向人大代表做政府工作报告。会上，周总理着重强调了科学研究的重要性，并大力提倡要促进科学技术发展。科学的春天就要来了，陈景润与在座的其他科学研究工作者都深受鼓舞。这也是陈景润第一次见到敬爱的周总理，这位和蔼可亲的长者，让陈景润感受到了春风般的温暖。陈景润认真地聆听周总理的政府工作报告，把一字一句都记在了心里。

一天下午，是代表团小组讨论的环节，陈景润刚坐好，就看到从门外走进来一个熟悉的身影，是敬爱的周总理啊！虽然周总理当时是带病坚持工作，但他的脸上看不出丝毫倦意，反而神采奕奕。周总理面带微笑地坐下，幽默风趣地与大家亲切交谈着，陈景润坐在一旁，专心地听着周总理讲话。没过一会儿，周总理突然站起来，微笑着向陈景润走来。陈景润十分吃惊，又带着一些欣喜，他慌忙也站了起来。周总理紧紧地握住了陈景润颤抖的双手，向陈景润表达了亲切的慰问，陈景润大为感动，紧张得甚至有些语无伦次。

一番交谈下来，周总理的关怀如同一股甘甜清澈的泉水，滋润了陈景润几近干涸的心田。从那以后，陈景润心中的信仰更加坚定了，他一直牢记着周总理对自己的谆谆教诲，并更加努力地投入到数学研究中去。

可惜的是，第四届全国人民代表大会第一次会议召开不久后，周总理的身体便每况愈下，病情也越来越重。1976 年 1 月 8 日，周总理与世长辞。噩耗传出，震惊世人。全国人民都陷入了巨大的悲痛，陈景润也是如此，一想到周总理生前对自己的关怀，陈景润痛心不已，他几天几夜都难以合眼。

与周总理一样，时任中共中央副主席的邓小平也对科学技术的发展给予了高度重视，大力支持科研事业。在听闻了很多关于陈景润的事迹之后，邓小平对陈景润愈加欣赏。他对陈景润的卓越成就，曾给予高度肯定，他认为：“中国要是有一千个陈景润就了不得了！”国家需要人才，国家呼唤人才。一个陈景润，就能让中国数学界在世界数学界上发出了振聋发聩的声音，要是有一千个“陈景润”，那中国百废待兴的局面将会很快扭转，中华民族也将屹立于世界民族之林。

1978年3月18日，全国科学大会在北京召开。这场别开生面的会议，让全国的科研工作者们都为之振奋不已。陈景润应邀出席此次会议，也是在这场会议上，陈景润第一次见到了邓小平，这位伟人的形象深深地印在了陈景润的心里。陈景润正襟危坐，仔细地聆听着邓小平的讲话。在邓小平平稳而略带乡音的语气中，陈景润感受到了久违的温暖。那种温暖，像是寒夜里一杯冒着热气的水，又像是冬日壁炉中的炉火，令人心安。在那个风云激荡的年代里，陈景润已经很久没有感受到这种温暖了。

在会上，邓小平表示，国家要充分支持科技工作者们，并向大家阐述了“四个现代化”的思想，“科学技术是生产力”“尊重知识”“尊重人才”等政策方针的提出，意味着广大科技工作者的劳动得到了党中央的支持与认可。广大科技工作者们备受鼓舞，更加充满信心与底气。

会后，邓小平与科技工作者们进行了亲切的交谈。他幽默风趣的语言让与会者感到十分亲切。言语之间，邓小平对科技工作者的关怀涉及了他们生活的方方面面：他们平时吃什么，穿什么，工作环境等等，邓小平都一一详细地了解过问，并且竭力想要为科技工作者解决现有的生活困难。聊到动情之处，邓小平甚至还振臂高呼：“我愿意做你们的后勤部长！”感受到邓小平承诺里的真挚与坦诚，大家都敞开心扉，踊跃发言，相谈甚欢。作为参会的一分子，陈景润简直不敢相信，这样一位日理万机的副主席，竟然甘愿俯下身子，事无巨细地体察大家的需要，并给予他们最实在的帮助，邓小平的形象在陈景润的眼中，也显得更加高大了。

正当陈景润感动之际，邓小平走到了他的身前，并主动向陈景润伸出了手。陈景润有些惊慌失措，连忙也伸出双手握住了邓小平的手。这一刻，周围都安静了，仿佛时空都静止了，一切尽在不言中，陈景润的心中感受到了前所未有的强力支持。邓小平与陈景润亲切交谈，关心陈景润的身体健康，之后侧身向随行工作人员交代尽量帮助陈景润解决生活和工作中的问题。这语重心长的嘱咐，让陈景润十分感动。陈景润由衷地感谢眼前这位真心关心自己的邓副主席。

“谢谢，谢谢邓副主席，谢谢您，谢谢……”不善言辞的陈景润不知道说什么来表达自己心中的感激，在不断“谢谢”的同时，他向邓小平副主席深深鞠了一躬。当时的摄影师按下了快门，将这样宝贵的一幕记录了下来，成为一份珍贵的记忆。

“我和邓小平副主席握手了!”陈景润的内心兴奋不已，会议一结束，他就迫不及待地回到数学所，和同事们分享这样的消息。同事们也十分高兴，不仅仅是为陈景润感到高兴，更多的也为自己身为一名科技工作者而感到骄傲自豪。党中央如此重视科学技术工作，这对于我国科学技术的发展有着极为重要的意义。换言之，陈景润及千千万万的科技工作者的身后都有了强大的支持，科学的春天终于来了，广大科技工作者可以没有后顾之忧，甩开膀子，一往无前地努力奋斗了。

想到研究环境会一天天变好，陈景润就难掩心中的欣喜。大会结束的那天晚上，回到房间，陈景润回想起邓小平对自己的关心与期望，内心就充满奋斗的动力。他想着，自己要更加努力研究，才不枉邓小平对自己的关怀与爱护。怀着激动的心情，陈景润久久难以入眠。

自那之后，邓小平也是时常关心陈景润的生活和工作，指示有关部门尽力帮助陈景润解决生活和工作上的困难，让陈景润可以放开手脚做数学研究。在邓小平的关心支持下，各有关部门也行动起来，广大科研人员的生活条件、政治待遇及后勤保障都得到了大幅的改善。邓小平曾提议将陈景润提拔为一级研究员，并多次安排工作人员关心陈景润的身体健康。在组织与领导的重视下，相关部门很快就把陈景润安排进北京解放军 309 医院的特护病房。在这里，陈景润再次开始接受住院治疗，也正是在这里，陈景润邂逅了他一生所爱的人由昆，并成就了一段佳缘。不过，这些都是后话了。

颂扬英雄

20 世纪 70 年代末期，全国科学大会即将召开，党和国家对科学研究越来越重视。在这样的时代背景下，为响应党中央号召，《人民文学》编辑部经商议后决定，要写一篇专门反映科学家工作的报告文学作品，让人民群众都能进一步了解到科学家们真实的工作经历以及背后的故事，同时也鼓励科技工作者更加奋发图强，推进我国科学技术的发展。

激烈讨论过后，他们决定请徐迟来写陈景润。徐迟，一位著名诗人，也是一名新闻通讯记者，他笔下最有名的通讯报告就是《祁连山下》。他还曾写过《地质之光》，对地质学家李四光的科研工作做了十分详尽的介绍。1977 年，负责主持《人民文学》的周明同志几经辗转联系上了徐迟，徐迟一听说是写陈景润的报告文学作品，十分高兴，当即表示：试试看。看着徐迟饶有兴趣的样子，周明原本悬着的心也放了下来。

后来，周明和徐迟来到中国科学院数学研究所采访，李尚杰书记负责接待。李尚杰书记是数学所里较为了解陈景润的生活和工作情况的人，因此也是接待徐迟和周明的最佳人选。在简单介绍了陈景润的基本情况之后，李尚杰书记便离场了，徐迟仍和周明坐在办公室里讨论。不一会儿，李书记就回来了，后面还跟着走进来一个瘦瘦小小的中年人，他穿着一件发皱的蓝布棉袄，戴着一副老式黑框眼镜。

李尚杰率先开口："这位就是陈景润同志。"

徐迟赶忙站起来，说道："陈景润同志，您好！我是徐迟。"

就这样，徐迟与陈景润开始了长谈。这一次谈话，陈景润给徐迟留下了极好的印象，这更加坚定了徐迟要写《哥德巴赫猜想》的决心。之后的时间里，徐迟开始搜集资料，也经常会去采访陈景润的领导、老师、同事等，以便全方位地了解陈景润。在了解过程中，徐迟发现，陈景润是一个实实在在做研究的数学家，陈景润的形象在徐迟的心中逐渐清晰、高大起来。

为了能更好地了解陈景润，了解数论，徐迟翻阅了很多数论书籍以及陈景润的数论论文。经过一段时间殚精竭虑的学习，徐迟对于陈景润的学术成就有了较深入的了解，对陈景润以及“哥德巴赫猜想”都有了新的认识。在准备充分的情况下，徐迟决定事不宜迟，要找个时间再去采访陈景润。

在李尚杰的带领下，徐迟又与陈景润长谈了一次。这一次是在陈景润的房间里，徐迟看到了这几平方米的陋室，对陈景润更加钦佩了。陈景润让李尚杰、周明和徐迟坐下，从床底下翻出自己的一堆又一堆草稿纸。之前这些草稿纸都是装在几个大麻袋里，然后放在“刀把形”房间的拐角处，陈景润把这些草稿纸拿出来递给徐迟和周明。徐迟和周明看着这一堆又一堆的手稿，上面密密麻麻都是演算的过程。这么多的草稿，这该是花费了多少时间精力才写出来的啊！再看看这生活的环境，虽然身处其中，但他们仍然无法想象陈景润是有多大的毅力才写出了这些手稿。

不过，陈景润翻出这些草稿纸给他们看，并不是要让他们知道自己有多艰辛，而是想就着草稿为他们讲解“哥德巴赫猜想”的具体证明过程。徐迟和周明并不精通数学，他们看着眼前一说起“哥德巴赫猜想”就滔滔不绝的陈景润，心中无限感叹：“瞧，陈景润是多么可爱！”在此之前，徐迟也做过不少的准备，这一次，陈景润又给他具体讲解后，徐迟对“哥德巴赫猜想”的认识也更深了一些。虽然，论文里的那些数学符号与公式定理，徐迟并不能全然明白。但是，徐迟用他诗人的想象力，写出了这篇论文的精妙绝伦之处：“这些是人类思维的花朵。”这样的描写使陈景润的论文具有了美的想象与感染力，让即使不懂数学的读者，也能感受到那高寒之地所盛开的“雪莲”，是多么珍稀而又美丽。

陈景润津津有味地分享着自己的数学研究过程，从给了自己“哥德巴赫猜想”数学启蒙的高中老师沈元，再到因《堆垒素数论》而结缘的华罗庚教授，最后到自己证明出“哥德巴赫猜想”（1，2），以及贯穿其中的曲曲折折，陈景润都告诉了徐迟。徐迟一边饶有兴趣地听着，一边认真地做着记录，不知不觉，天色也逐渐暗了下来。在这小小的6平方米的房间里，徐迟感受到了陈景润的丰富人生，感受到了陈景润的赤子之心，感受到了陈景润的坚强毅力，也感受到了陈景润为数学事业做出的重大贡献。

这一次酣畅淋漓的全面采访，引发了徐迟内心强烈的创作热情，于是，一回到住处，他就马不停蹄地开始整理材料，谋篇布局。冷静的思考和强烈的感情交织着，徐迟下笔如有神。经过几天夜以继日的激情创作，徐迟很快就完成了初稿。

1978年，徐迟的报告文学《哥德巴赫猜想》横空出世，一时间飞扬在神州大地，新闻媒体都纷纷转载。走在大街小巷，时不时就能听到有人在提起陈景润的名字，人们都不约而同地传颂着这位把“哥德巴赫猜想”（1，2）证明出来的科研英雄。这篇报告文学，既给了无数的科研人员极大的鼓舞，也拉近了普通百姓与科学家的距离，科学家不再是遥不可及的神秘人物了。

这篇报告文学在全国掀起了一股讨论科学的巨浪，很多被陈景润事迹感动的人们，纷纷给陈景润和徐迟写信。来自五湖四海的信件接二连三地邮递到了陈景润的“陋室”，陈景润既惊喜又惶恐。这些信件里面写什么的都有，有人想问陈景润关于“哥德巴赫猜想”的问题，有人想问陈景润是怎么度过那段困难时期的，也有人纯粹想要称赞一下陈景润。与全国各地的信件一起来的，还有很多会议与社交活动的邀请函。随着徐迟《哥德巴赫猜想》的不断传播，陈景润的名字更是家喻户晓，成为人们心中的偶像和英雄。这时的陈景润，真切地迎来了属于自己的春天。在这个生机勃勃、春意盎然的时节，陈景润将走出国门，走向世界。

赤子初心

1979年1月，陈景润应美国普林斯顿高等研究院院长沃尔夫博士的邀请，启程赴美讲学和研究。此次赴美讲学和研究，对于陈景润来说是新奇与隐忧相伴的。一方面出国学习既可以接触到更多的学术资源，还可以与国际数学同行交流学习，但另一方面异国他乡所带来的陌生感也是一种挑战。

抵达美国后，研究院给陈景润分配了一套房子。陈景润深知自己赴美的主要目的是做学术研究，因此他一分钟都不想耽搁。陈景润刚到美国的时候就去超市，给自己买了牛奶、鸡蛋和面条，以最简单的方式解决吃饭问题，既节俭，也省去在食堂排队的时间。陈景润每天就过着两点一线的生活，除了研究院邀请他做演讲，陈景润都在做研究。研究院的上班时间是每天的上午九点到下午四点，而陈景润早上七点就会到办公室。为了节省时间，他中午只啃自己的干粮和水果，一直到下午六点才离开办公室。到了每周的休息日，办公室没什么人，陈景润就去图书馆，一待就是一整天。当身边很多人都在游山玩水、领略异域风光之时，陈景润仍然在做数论研究，甚至连吃饭的时间都不放过。陈景润废寝忘食地工作，终于获得了回报：在美国访学期间，陈景润完成了《算术级数中的最小素数》论文的撰写。这篇论文的结论大大缩小了算术级数最小素数的存在范围①。成果无疑又走在了世界的前列，陈景润也因此再一次让国际数学界刮目相看。

曾有人请陈景润将这篇最新的研究成果《算术级数中的最小素数》在美国发表，但是遭到了陈景润的回绝。陈景润义正辞严地表示自己是一名中国人，自己的论文要发表在中国的刊物上。

当时，有一些人揣测陈景润赴美之后也许不会回国了，学术名望与物质的诱惑也许会让陈景润乐不思蜀。但是，陈景润在结束了美国讲学之后

---

① 设 D 是充分大的正整数，K 是不超过 D 的正整数，且 K 与 D 互质。构造式子 $D\times n+K$，让 n 从 0 开始依次取自然数的值（$n=0$，1，2，…）。n 每取一个值，式子 $D\times n+K$ 就对应一个新的值，把所有 $D\times n+K$ 的值看成一个集合。由于自然数的个数是无限的，所以这个集合的元素个数也是无限的。研究表明，这个集合中一定存在素数元素。设这个集合中的最小素数为 P。陈景润的这篇论文问世之前，学术界确定了 P 的存在范围，$K\leqslant P\leqslant D^{80}$，而陈景润在这篇论文中把这个范围大幅度缩小为 $K\leqslant P\leqslant D^{16}$，并给出了证明。

却毅然决然回到了祖国的怀抱。陈景润在美国的待遇的确很好，每个月有2000美元的薪水，4个多月的时间，陈景润除去1500美元的水电费、房租和700美元的伙食费，最终攒下了7500美元。他的想法是，将自己攒下来的7500美元交给李尚杰书记，让李书记代为上交给亲爱的祖国。

那天，阳光明媚，陈景润的步伐都欢快了不少。

李尚杰看到陈景润主动来找自己，十分意外，赶紧站起身来请陈景润坐下。

李尚杰率先开口说："陈景润，你赴美辛苦了，你的身体一切还好吧？"

陈景润说："谢谢李书记挂念，我的身体还好，一切都好。"

李尚杰又说："听说你在美国访学期间，又有了新的学术进展，了不起啊。"

陈景润回答说："是的，我在美国抓紧时间做研究，论文应该也要发表了。"

李尚杰拍了拍陈景润的肩膀："你真了不起！今天来找我有什么事情吗？"

陈景润赶紧从怀里拿出自己的7500美元，放在李书记面前，真诚地说道："李书记，这个是我在美国访学期间的工资，除了我的日用花费外，剩下的都在这里了，我想要把它全部上交给国家，支持国家建设。"

李尚杰大吃一惊，这7500美元，在当时也算是一笔巨款，没想到陈景润会做出如此举动，李书记赶紧表示："这个是你的收入，你可以自己留着用，改善一下生活，你自由支配就可以了。"

陈景润急了，说："不行，我的一切都是国家的，我的收入也要上交国家，而且国家建设需要钱，我这一点点虽然也没多少，但这是我的心意，帮我上交给国家吧。"

"你留着吧，你平时省吃俭用，身体也不好，你拿着改善一下自己的生活。"李尚杰关切地说道。

陈景润坚持复述着自己的想法："不要，我都好，我不需要，你帮我上交吧。”

拗不过陈景润，李尚杰只好答应了陈景润。

陈景润出国，能抵住高薪水的诱惑，按时回国，他坚持要把论文发表在国内的刊物上，又把自己积攒的薪资上交国家，充分表现了陈景润心系祖国的真挚情怀和赤子初心。

第八章

花开花落

浪漫爱情

漫漫历史长河中，爱情是多少文人墨客穷极一生所追求的永恒话题。对于陈景润来说，爱情或许才是那个更难攻克的课题。长久以来，一直沉浸在数学王国中的陈景润，丝毫没有意识到爱情会悄然降临在他的身上。

1978 年的夏天，爱情的力量推开了陈景润尘封已久的心门。对陈景润而言，“爱情”这一命题，成了“哥德巴赫猜想”以外的第二道难题，瞬间占据了他全部的身心。这一道难题，来得十分巧妙，似乎冥冥之中命运已由上天注定。若不是组织上安排陈景润入住北京 309 医院，若不是由昆刚好在 309 医院进修，那么也便不会有那份不期而遇的缘分：与由昆在 309 医院的相遇，就是陈景润一生中最美丽的意外。

1978 年初，徐迟的报告文学《哥德巴赫猜想》在全国各地掀起了一阵“陈景润旋风”，陈景润的名字霎时红遍大江南北，老少皆知。陈景润入住北京 309 医院的消息，也是轰动一时。许多年轻的护士、医生一听说陈景润来了，争先恐后地跑来特护病房，就为了一睹陈景润的真容。由昆与同医院的其他护士一起去病房看陈景润，在这熙熙攘攘的人群中，陈景润一眼就注意到了由昆，机缘巧合，陈景润与由昆相遇了，彼时的相遇并未想到会有接下去的相知相伴。

此后，陈景润默默地将“由昆”这个名字牢牢地记在了心里。或许是一见钟情的力量，在那个阳光温暖的午后，陈景润的心悄然悸动，周围的一切似乎都在不知不觉中烟消云散，只剩下了这个叫“由昆”的女孩和年近半百的陈景润，这就是他们的第一次相遇。在此之前，陈景润的身边几乎没有异性的存在，更别提熟识了。爱情的种子在陈景润的心里逐渐生根发芽，在爱情的驱使下，生性木讷的陈景润开始琢磨如何拉近与由昆的关系。

在309医院住院期间，随着时间的流逝，陈景润与由昆也逐渐熟络了起来，偶尔他们也会拉拉家常。比如由昆经常看到陈景润只吃面条和水煮蛋，就会好奇地询问陈景润为何不选择一些更有营养的吃食，陈景润则说因为长期以来的习惯，让他更为喜欢面条，同时也吃得更快一些。与此同时，陈景润也问由昆是否喜欢吃面条，由昆则说喜欢吃大米。陈景润突然说了一句：“我爱吃面条，你爱吃大米，刚好……”虽然不解其意，但由昆也隐隐感觉到了陈景润的用意。

促成这一段佳缘的还有一件事，那就是由昆学英语。作为青年医生的由昆，深知英语学习的重要性，于是经常利用业余时间学习英语。这件事偶然被陈景润发现了，于是陈景润就提出要与由昆一起学英语。一来二去之间，两个人的感情也在逐渐升温。此时的陈景润更加确定了由昆就是他今生的有缘之人。

在又一次闲聊过程中，陈景润得知由昆还单身，鼓起勇气的他冷不丁地冒出来一句：“我们要是能一直生活在一起就好了。”

此话一出，由昆着实吓了一跳。

此后，由昆写信给自己的父亲，寻求建议。由昆的父亲回信称陈景润是一名伟大的数学家，如若两心相许，不要回避真心，也不要伤害彼此。得到了父亲的支持，由昆的心里也有了主意。渐渐地，由昆与陈景润走到了一起。

陈景润谈恋爱的消息成为了数学所轰动一时的新闻。数学所的领导和同事都欢呼雀跃，为陈景润感到高兴。

爱情，是一个永恒的命题。特殊时期的爱情，更是难能可贵。陈景润与由昆的结合，是一场美丽的邂逅，而这场美丽的邂逅恰恰成就了一段美好的缘分。时间，是爱情最好的见证。1980 年 8 月 25 日下午，陈景润与由昆在中关村街道办事处登记结婚。

其乐融融的家庭生活给陈景润带来了前所未有的幸福和快乐，在由昆的悉心照顾和陪伴下，陈景润的心情大好，身体状况也在慢慢恢复。儿子陈由伟也渐渐长大，陈景润看向儿子陈由伟的眼神里，总充满着无限的慈爱和喜悦。虽说随着年龄的增长，人脸上的皱纹会自然增多，但在陈景润脸上，那些皱纹不仅仅是时光流逝的痕迹，更是他们幸福生活的注解。

在由昆的陪伴下，陈景润的生活多姿多彩。十六年相濡以沫的婚姻，带给了陈景润无穷无尽的幸福快乐。“情不知所起，故一往而深。”陈景润夫妇的爱情故事，让我们看到了一个科学家温情的一面，也让我们看到了爱情和婚姻最美好的样子。

英雄谢幕

陈景润生命的最后 5 年时光里，温馨与哀伤并存。然而，倔强的陈景润，这位巨星即使在陨落前，也拼尽全力绽放着自己的光芒。

1991 年，陈景润带一家人赴东北旅游参观。说起这次旅行，陈景润期盼良久。他早听说长白山风景如画，奈何一直都抽不出空来欣赏美景。长白山之行，把陈景润多年来一直压抑着的孩童气释放了出来。本就热爱大自然的陈景润，连路边看到的野花也会捧起来闻一闻花香，还夸张地对儿子陈由伟说：“好香啊，欢欢（陈由伟的小名）你快来闻一闻!”由昆看着如此活跃的陈景润，心中也很是欢喜。在一个生产鹿茸的公司里，陈景润还见到了真正的梅花鹿。第一次看到活鹿的陈景润，高兴得忘乎所以，他兴冲冲地给鹿喂食，看着梅花鹿那么聪明机警，惹人怜爱。久负盛名的长白山果然名不虚传，崇山峻岭，高耸入云，苍山如画，树林阴翳，时不时还有鸟叫虫鸣。看着眼前浑然天成的自然景观，陈景润不禁为之倾倒。美丽的自然风景给陈景润一家带来了无比惬意的享受。不得不说，这次旅行对陈景润病情的康复起到了重要的作用。沉浸于大自然的美景之中，陈景润暂时忘却了尘世的烦恼、身体的苦痛，甚至是科学研究的难关。在这里，只有温馨的一家人，像平常家庭那样一起出游。人的心情放松了，身体自然也舒服了不少。

陈景润的“乡土情结”，可以说是深受中国传统“落叶归根”思想的影响。当年，徐迟的《哥德巴赫猜想》传遍大江南北的时候，无数邀请函发到了陈景润的手中，对这些大大小小的邀约，陈景润一贯秉持着“能推则推”的原则，但唯独对于故乡的邀约，他是能不推就不推。1991 年 9 月，刚刚从长白山脚下回京的陈景润，就在妻子和李尚杰书记的陪伴下，应母校英华中学的邀请回乡参加了建校 110 周年的校庆。在这次校庆活动中，陈景润见到了许多久违的老师和同学，业已成名的陈景润亲切地与老师和同学们合影留念。陈景润还借此机会回到了他的故土——胪雷村，全村老少夹道欢迎陈景润一行人。故乡亲人的热情让陈景润感受到浓浓的暖意。他一一拜访了仍然健在的亲族人，还特地去宗祠祖庙拜祭了列祖列宗。在陈景润看来，唯有完成了这些事，才能算是不虚此行。

1991 年 10 月，陈景润回到老家福建疗养。对于这位阔别故乡几十年的“游子”来说，此番回乡可以一解乡愁。回到熟悉的地方，闻到故土的气息，陈景润感觉到了一种久违的心安，烦恼也有所消解。在相关部门的支持下，陈景润进入福建中医学院接受治疗。为了这位举世闻名的数学家，福建几乎举全省之力，汇集了众多神经科及其他相关科室的名医，共同商讨陈景润的治疗方案。但陈景润因为一直以来体弱多病，再加上常年劳累，很多的慢性疾病未得到根治，现在又患上了“帕金森综合征”，治疗难度之大堪比登天。福建中医学院还邀请了国内有名的专家定期会诊，根据陈景润的康复情况不断地调整治疗方案。在医生和护士的悉心照顾下，陈景润的身体康复了不少。

本以为这次病情的稳定是一个好的信号，1992 年春节，已返回北京的陈景润还与家人一起，度过了一个祥和美好的春节，但未曾想到厄运之神还是不肯放过陈景润。1992 年 4 月的一天，正打算返闽继续治疗的陈景润，在家中不慎跌倒，造成左腿股骨颈骨折，这突如其来的一击给陈景润的康复带来了更大的难度。陈景润当即被就近送到中关村医院，接受了手术治疗。术后，骨折的问题得到了救治，但是这次的损伤，却让陈景润的“帕金森综合征”的治疗面临更严峻的考验：陈景润本来就因为“帕金森综合征”肌肉萎缩，腿脚不利索，现在又意外摔倒，行动便更加困难了。渐渐地，本已经可以断断续续说话的陈景润，几乎再度失语，语言功能障碍越发严重。1992 年 6 月，陈景润转院至北京市宣武医院。在北京继续接受治疗的陈景润，耽搁了返乡的日程。1992 年 9 月底，福建的相关部门听说在北京的陈景润身体恢复不佳，表示要为陈景润的治疗出一份力，便盛情邀请陈景润返乡接受治疗。陈景润再三考虑后，决定接受故乡的邀请。

对成长之地饱含深情的陈景润，就这样，在妻子由昆的陪同下，再次前往故乡进行疗养。

在老家的日子里，省、市有关领导先后前往福建中医学院探望陈景润，还有很多的老同学、老同行都关心着陈景润的病情。考虑到陈景润有吞咽功能障碍，医生和护士还特地交代食堂做一些稀软易吞咽的营养餐给陈景润。为了让陈景润增强食欲，医院食堂有时也会贴心地煮一些富有家乡特色的菜品。故乡人民对自己深切的关怀，陈景润都感怀于心。

1993 年 11 月，陈景润结束了在福建的疗养，回京住进了中关村医院。为了更好地照顾陈景润，组织上决定为陈景润聘请一位专业的护工。后经过邻居介绍，安徽人季学好临危受命，接下了这个艰巨的任务。季学好一听说自己要照顾的是陈景润，很是震惊，结结巴巴地说：“是……那个……就是那个研究出来什么猜想的数学家……叫个啥来着？哥什么的对吧？”众人一听，哈哈大笑。季学好不好意思地挠了挠头，说：“俺也没读过什么书，不知道具体是什么，但是俺知道陈景润这个人很厉害。”季学好边说还边竖起了大拇指。但是，照顾陈景润并非一件简单的事情，需要有专人进行非常细心周到的护理。陈景润行走不便，季学好就趁着天气好的时候，搀扶陈景润到户外呼吸新鲜空气。季学好每日都给陈景润擦洗身子，换上干净的衣服，让陈景润每天都舒舒服服的。陈景润休息睡觉的时候，季学好也不闲着，他轻轻地扫地、拖地、洗衣服。细心勤劳的季学好很快就赢得了陈景润的好感与信任，在陈景润看来，季学好不是亲人却胜似亲人。季学好的到来，一定程度上也减轻了由昆的压力，在由昆和季学好的共同照顾下，陈景润的病情度过了两年多的稳定期。

然而，对于陈景润来说，病情稳定安卧于床并不是他想要做的事情，他还有很重要的事情没有完成，那就是“哥德巴赫猜想”（1，1）的研究。平生的遗憾就只剩下了“哥德巴赫猜想”（1，1）的研究。在养病期间，陈景润笔耕不辍，他坚持每日读书，手翻不动书页了就让护工代劳，眼皮实在睁不开了，陈景润也不舍得睡觉，恨不得拿个小棍子把眼皮撑起来。只要脑子还在转，陈景润就绝不浪费一分一秒，都用来思考。陈景润生命的最后时光几乎都是在病房中度过的，即便是这样，他仍含辛茹苦地培养出了三个博士生、一个硕士生，为祖国培养数学人才贡献力量。

1995 年 5 月 22 日，陈景润迎来了自己 62 岁的寿辰。小型的生日会在中关村医院的 7 号病房举行。小小的病房被打扫得一尘不染，桌子上铺满了各色的贺卡，然而此时的陈景润已经难以发声，肌肉僵直，几乎动弹不得。早在几天前，由昆就在筹划陈景润的 62 岁生日了，但考虑到陈景润实际的身体状况，陈景润哪儿也不适合去，出院回家过生日几乎是不可能的事情了。于是，在征得了医院的同意后，他们决定在病房里过个简单的生日。病房里，由昆和陈由伟唱着生日歌，陈景润眼角的泪水慢慢滑落了下来。

“爸爸，你看，这个是我送你的花，不是在花店买来的，是我在楼下的花丛里摘的。”年幼的陈由伟兴高采烈地举着小黄花向爸爸“炫耀”。

“嗯……好……”陈景润艰难地吐出两个字。

“欢欢，爸爸很累了，坐下来，不要吵。”由昆心疼地说。

欢欢听话地挨着妈妈坐下来，说：“嗯，妈妈我知道，爸爸累了，就睡吧。”

“先生（由昆对陈景润的称呼，至今未变），领导们和同事们都送来了贺卡和鲜花，你看看，这些都是他们送的。”

“好……谢……”

“我今天请了半天假，专门陪你。等下欢欢要去上学了，我陪你在这里。”说着，由昆给陈景润掖了掖被角。

“不，不要。走……去上班。”陈景润急得想要抬手。

“我陪你吧，今天是你的生日。”

“去……不要……”陈景润焦急地说。

看着陈景润吃力的样子，由昆心疼极了。她也深知，陈景润决定的事情十头牛都拉不回来，为了不让陈景润太过激动，由昆只好答应下来。

“好，那你好好休息。老季等下就来了。我先送欢欢去上学了。”

陈景润闻言，总算平缓了一些，他的手指轻轻动了动。

“去上学了。”担心被陈景润看到自己的泪水，由昆一把拉着欢欢走出了病房。刚走出病房，由昆就已经是泪流满面了。

懂事的欢欢看到妈妈满脸的泪水，也跟着低下了头，小声问妈妈：“爸爸会好起来吧？”

“会好的，一切都会好起来的。爸爸还要陪欢欢做数学题，学英语呢！”由昆擦干泪水，轻轻摸了摸欢欢的头，“乖孩子，好好去上学。好好学习，爸爸就很高兴了。”

“嗯！”欢欢用力地点点头。

其实，由昆的心里明白，陈景润的病情已经不容乐观。“帕金森综合征”本就是难以治愈的疑难杂症，再加上后来的两次不慎跌倒，病情一日比一日严重，反反复复的发烧让陈景润的身体愈加虚弱。最近每天晚上，陈景润都会因为身体的剧痛而低吼，睡眠严重不足，进食也越来越少了。虽然中关村医院已经尽了最大的努力，但是陈景润的身体复原的希望依旧渺茫，为今之计只能是走一步看一步了。

自从陈景润入院治疗以来，陈景润的病情就一直牵动着全国人民的心。应广大人民群众的要求，《光明日报》的记者特地去看望了陈景润，并拍下了陈景润的近照，1996 年 1 月 16 日，《光明日报》就刊登了陈景润的照片。拿到报纸，李尚杰书记便兴冲冲地跑来医院给陈景润看，陈景润今日的精神大好，勉强可以说几句短话了。

“李书记，您来了。”陈景润刚抬起手，李尚杰书记就紧紧握住了。

“我来看看你，你看你登上报纸了。”李尚杰书记把手中的报纸拿给陈景润。

“好……真好。”陈景润仔细看了会儿报纸，便说，“我起来……走走。”

李尚杰书记赶紧搀扶着陈景润从床上坐起来，穿上鞋子，慢慢地扶着陈景润去医院的走廊里走了走。看到陈景润的精神好了很多，李尚杰书记心里暗暗地为他高兴。李尚杰书记一边扶着陈景润，一边滔滔不绝地跟陈景润讲起了数学所最近发生的趣事。不知不觉地，陈景润已经走了两圈，他的气力似乎要用尽了，断断续续地说：“不……不行了……坐……”李尚杰书记赶忙扶着陈景润就地坐了一会儿，后来和老季一起把陈景润抬到了病房，给陈景润盖好被子，陈景润很快就睡着了。

下午的时候，李尚杰书记因有事要离开了，走之前，他对老季是千叮咛万嘱咐：“老季，一定要好好照顾陈景润。另外，记得按时和医生护士汇报一下今天的情况。”

然而，李尚杰书记离开后的当晚，陈景润就发了高烧，且久久不退。由昆急得像热锅上的蚂蚁，整个晚上都守在陈景润的床前，紧张得眼皮都不敢眨一下。这一天，是 1996 年 1 月 17 日，陈景润的病情又一次令所有人揪心。

1996 年 1 月 18 日，医院下达了“病危通知书”，陈景润的生命进入了倒计时。陪伴陈景润经历风风雨雨的由昆，此时再也无法控制自己的情绪，她坐在医院走廊的椅子上泣不成声。走进病房的一个又一个医生，在走出去的时候都无奈地微微摇头。病房内，陈景润还昏迷不醒，冰冷的注射针注入他早已千疮百孔的手臂。原本，医生给陈景润使用的是最好的退烧药，但因没有看到明显的效果，只好又配合物理降温。经过医生和护士们一个星期的不眠不休，陈景润总算是有好转的迹象了。有关部门高度关注陈景润的病情，很多领导陆陆续续来探望和慰问陈景润。

1996 年 1 月 26 日，陈景润的烧退了一些，也更有精神了，虽然还是昏昏沉沉的，但是起码可以说上简短的话了。由昆握着丈夫瘦弱的手，关切地问道："先生，你感觉怎么样？"

"还可以……"陈景润用力地发音和吐字，"欢欢……最近学习……如何？"

"你放心，欢欢很爱学习，还说要等你好了教他做数学题呢。"由昆故作轻松地说着。

"好，你……辛苦了。"

"不辛苦，先生，你好好休息吧，我一直在这里陪着你。"

大家本以为陈景润已渡过险关，身体要渐渐好转了，没想到才过了一天，1 月 27 日，陈景润的病情又一次急转直下。陈景润不断抽动的身体，也越来越不听使唤了，大家的心又一次狠狠地被揪了起来。接到陈景润秘书电话的由昆和李尚杰书记火速赶到医院。此时，陈景润的呼吸和心跳突然近乎停止，看着陈景润被憋得发紫的脸，由昆当机立断，抄起手边的一块旧纱布塞进了陈景润的嘴巴里。多年的从医经验告诉由昆，唯有这样才能为陈景润的救治争得一线生机。医生们赶到时，由昆还紧紧地抓着纱布不撒手，一边朝他们大喊："快来救人，快。"经历了大约八分钟的极速抢救，陈景润恢复心跳。随后，陈景润被推进了抢救室，医生和护士们争分夺秒对陈景润进行抢救。

抢救室外，中科院数学所领导龙瑞麟、副所长李炳仁及数学所的同事们、陈景润的老师及好友王元教授，还有李尚杰书记等都来了，大家都焦急地等待着陈景润病情的消息。经过几个小时的奋力抢救，陈景润的呼吸功能勉强恢复了，但是他仍然随时有可能陷入生命危险之中。为此，中关村医院召集各医院进行会诊，会诊的结果是：建议陈景润转院至北京医院。

当天下午，中关村医院即派救护车护送陈景润转至北京医院。在救护车上，陈景润又一次陷入呼吸困难的境地，他的一口痰堵塞了喉咙，吐不出来也咽不下去。救护车上缺少吸痰器，看着满脸青紫的陈景润，千钧一发之际，随车的北京市卫生局医政处处长姚宏同志，毫不犹豫冲上前，亲自为陈景润吸痰，经过姚宏同志数次吸痰后，终于把陈景润又一次从死神的手里夺了回来。恢复了呼吸的陈景润，面色也逐渐恢复正常。姚宏同志大口地喘着粗气，欣慰地笑了。

1 月 31 日，经过几天的住院治疗，陈景润退烧了，病情也稍显稳定，但北京医院的专家一点也不敢松懈，他们时时关注陈景润的病情，一有转变的迹象就准备马上采取措施。

2 月 3 日，陈景润的病情又开始变化。连续高烧不退，只能依靠呼吸机度日。由昆夜以继日地陪在陈景润的身边，一刻也不曾离开。很多人劝由昆去休息一下，由昆都拒绝了，说："我要陪着先生。"由昆的一生中从未有过这样害怕的时候，她害怕自己一合眼，就可能留下终生的遗憾。因此，她想在陈景润最后的生命里，就这样一直在他的身边陪着，能多争取一秒是一秒。

时间过得很快，转眼就到了春节。1996 年这年春节，在千万家庭齐聚一堂，共享天伦之乐，共进团圆之餐的日子，由昆陪着陈景润在医院接受治疗。由昆不知道陈景润还能撑多久，但也许这就是陈景润最后的一个春节了。为了让陈景润在生命最后的时间里，能更多感受到幸福和快乐，由昆强忍心中的悲痛，叫来儿子欢欢一起陪陈景润过一个幸福的春节。这天，陈景润的精神也比较好，由昆就给陈景润唱起了《十五的月亮》，唱着唱着，陈景润也禁不住跟着由昆喃喃和了起来，儿子欢欢在旁边打着节拍。陈景润与由昆深情对望，浓浓的爱意和不舍流淌其间。

"由（陈景润一直对由昆的称呼）……苦了你了。"

"能跟你在一起是我最大的幸福。"由昆微笑着轻抚陈景润的手臂。

1996 年 3 月 10 日，陈景润的病情急剧恶化。多器官衰竭，呼吸困难，就连转头都困难。每日陈景润的病房里都有很多来探望的人，陈景润虽然动弹不得，但是眼明心亮，能够认出来这些领导、同事及好友。3 月 17 日，陈景润故乡亲人听说陈景润病入膏肓，恐时日无多，大哥陈景桐决定带着弟弟陈景光、大姐陈瑞珍以及妹妹陈景馨一起紧急赶赴北京。

1996 年 3 月 18 日，死神慢慢逼近了。陈景润一度出现心衰、休克、昏迷不醒。由昆大声疾呼着："先生，你还要陪我，陪欢欢，你不可以走，欢欢还小，你要看着他长大，成家立业，你不要走。我求求你，不要走，不要丢下我们!"陈景润在昏迷中，用仅存的一丝意识回答妻子说："一定……一定……"这是陈景润留在人世间的最后一句话。此后，陈景润就时而清醒时而昏迷。由昆曾经跟陈景润有过约定，如果以后有事情需要表态，他要是同意就伸出一根手指，不同意就伸出两根手指。在陈景润最后的几天里，陈景润都是这样跟妻子沟通的。陈景润心中早知自己时日无多，这次也是真的大限将至，因此他连吸痰器都拒绝使用。在命运面前保留尊严，也许是陈景润最后的一次"倔"吧。

1996 年 3 月 19 日上午，各级领导陆陆续续抵达陈景润病房探望。陈景润此时已完全说不出任何话，甚至都不能发声。病房里，他的两次心率都在急剧下降，弥留之际，陈景润用尽最后的气力抓住由昆的手，眼神深切，嘴巴张着却说不出来一个字。

由昆痛心极了，她的眼泪早已流过面颊，声音沙哑而哽咽。但她强忍着心中的悲痛，紧紧地抓着陈景润的手，俯身问道："先生，你是不是……想要……要我把欢欢……好好地抚养成人?"

陈景润听了，艰难地伸出一根手指，伴随着微微的颤抖，那根手指缓缓地抬起，比出了"1"的模样。那是表示同意的"1"，也是数学的"1"……

由昆一个劲地点头，抱着陈景润应允道："你放心，我会的，我会好好地把欢欢抚养长大。"

1996 年 3 月 19 日下午 1 时 10 分，陈景润走完了 63 年的人世之旅，与世长辞。

送别与怀念

63 年的风风雨雨，几乎没有任何困难可以阻挡陈景润勇攀高峰的脚步。可是，陈景润却难以抗拒命运的安排，结束了短暂的一生。山河依旧，斯人已去。生命的逝去是最无可挽回的事情，陈景润的离世是中国科学界的重大损失，给全国人民带来了巨大的伤痛。

组织上对陈景润的逝世高度重视，并派专人专组对陈景润的后事进行细致的安排。而此时的由昆，尚处在无比悲痛的情绪之中，难以自拔。

隔天，陈景润逝世的消息就传遍了大江南北，人们震惊的程度堪比当年的《哥德巴赫猜想》发表带来的震撼程度。不同的是，当年徐迟的《哥德巴赫猜想》一经问世，人们都在赞颂陈景润的数学成就，而这一次，当《人民日报》《光明日报》《工人日报》《科技日报》几乎同时刊登了这一消息后，人们都为之深感哀悼与悲痛。自3月20日起，由昆收到了大量来自全国各地的唁电、唁函，前来陈景润家吊唁的人络绎不绝，哭声绵延不断，萦绕在陈景润的家中。

“乍暖还寒时候，最难将息。”1996年的春天，本该是草长莺飞、万物复苏的时节，然而，因为陈景润的逝世，这个春天显得格外寒冷。陈景润的去世，最悲痛的莫过于由昆了。自陈景润患上“帕金森综合征”到去世的12年间，由昆在医院的时间比在家的时间还要多得多，但是由昆的心中一直存有希望，即使仅有一线的生机，她也要尽一百分的努力。那时候，保住陈景润的性命就是由昆心中最重要的信念，也是她最坚定的目标。只要陈景润一息尚存，这个家就还是完整的家。可是，当陈景润真真正正离开人世的时候，由昆心中残存的最后一点希望也没了，看着刚刚14岁的陈由伟，由昆的心中伤痛开始无限蔓延，她在心里呐喊着：“先生，你怎么忍心丢下我们孤儿寡母，我们好想你！”

察觉到母亲的悲伤与痛苦，懂事的陈由伟抱着哭成泪人的妈妈说：“妈妈，别怕，我已经长大了。以后我们好好生活……”

由昆哭着说：“我可怜的孩子，你要记着爸爸是天底下最好的爸爸。”

从3月20日到3月29日，陈景润的家里迎来又送走了一波又一波前来吊唁的客人。客人个个都心情沉重，痛心不已。家中的灵堂堆满了挽联和鲜花，鲜花是如此之多，以至于连落脚的地方都没有了。“先生原来最喜欢鲜花。你看，大家送来了这么多鲜花。”由昆抚摸着陈景润的遗像，动情地说。

1996年3月29日，陈景润遗体告别仪式在北京八宝山革命公墓举行。一大早，由昆和儿子陈由伟就来到了北京医院的太平间，陈景润的遗体，已安放在有机玻璃棺材里。八宝山殡仪馆的灵车早已停在了医院的门口。虽然由昆早已有了心理准备，但是当再次看到陈景润遗体的时候，由昆的泪水还是忍不住奔涌而出。灵车上，花团锦簇，那是陈景润生平最喜欢的鲜花。灵车行驶在宽阔的长安街上，路过天安门的时候，司机特地放慢了速度，因为这里是陈景润生前最崇敬的地方。“爸爸，这里就是天安门，您最敬仰的地方。我们放慢了速度，您再看看吧!”儿子陈由伟动情地说。

灵车行驶了一段路程，就到了八宝山革命公墓。来为陈景润送行的各界人士早已在此等候，队伍很长，人数多达上千人。时任中共中央政治局候补委员的温家宝、全国人大常委会副委员长卢嘉锡参加了陈景润的遗体告别仪式。此外，陈景润家乡福州也派出6名代表来京参加陈景润的遗体告别仪式。陈景润在福州的家人也悉数到场。大家都怀着无比沉痛的心情来送陈景润最后一程。由昆身着军绿色戎装，轻轻说道：

“先生，今天我穿了你最喜爱的军装来送你……你看到了吗?”

“爸爸，今天很多叔叔阿姨一起来看你了。”陈由伟小声地说道。

遗体告别仪式在八宝山殡仪馆的告别厅举行，告别厅的墙上挂满了挽联，白色的纸花点缀其间。司仪用低沉的嗓音简要介绍了陈景润的生平，随后，来送别的人依次向陈景润遗体鞠躬致敬，并依次与由昆和陈由伟握手，恳切地道一句：“节哀顺变。”由昆默默地流着眼泪，一一道谢。遗体告别仪式举行过后，由昆和陈由伟在众人的簇拥下，把装有陈景润遗体的病床推到了焚烧间，陈景润在这里就要化为灰土了。此时，儿子陈由伟不由得哭出了声，由昆再也忍不住了，放声大哭：“先生，你一路走好啊!”人群里哭声此起彼伏，天地为之动容，山河为之呜咽。

悲痛之际，在殡仪馆工作人员的带领下，由昆和陈由伟将陈景润的骨灰盒安放在八宝山革命公墓里，存放序号是“257”，恰好也是个素数，与陈景润生前最负盛名的研究对象有着特别的联系。

陈景润的遗体告别仪式结束后，众多悼念陈景润的文章在媒体陆续发表。如 1996 年 4 月 3 日，王乾荣纪念陈景润的文章《陈景润：知识和道德的楷模》刊登在《人民日报》上。“陈景润的离世使人们心头潜伏着崇尚知识和正义的意念更加明朗化……到头来，人民毕竟看到了，闪金光的永远只能是真金。”是的，真金不怕火炼，有真材实料、踏实肯干的人，才能不怕困难，才能以有限的生命散发出无限的力量。在陈景润去世后的一两年里，媒体刊发了大量悼念陈景润的文章，作者从不同的角度，怀念陈景润不平凡的一生，歌颂他的光辉业绩，阐发他的专业精神，表达无限的敬仰之情。如张严平的《生命与春天同在——一个数学巨匠的人生旅程》、游雪晴的《陈景润影响一代人》、潘承洞的《忆景润》、方德植的《我的学生陈景润》、李文清的《陈景润在数论上的成就》、林群的《只有陈景润》、李尚杰的《景润，人民怀念你》、杨锡安的《告诉你一位真实的陈景润》、由昆的《怀念景润》等。

其中，最感人至深的就是由昆写的《怀念景润》一文。在这篇悼文中，由昆回忆了她与陈景润十六年的婚姻时光，以及他们曾经有过的其乐融融的家庭生活。作为学者、丈夫、父亲三重身份的陈景润，不论是对待数论研究、妻子还是儿子都下了极大的工夫，付出了很多。在结尾处，由昆动情至深地写道：“景润，安息吧！你的妻子、儿子会永远怀念你。”

第九章

光照后人

陈氏定理

“陈氏定理”这一成果，是陈景润数学人生的顶峰之作，也是其爱岗敬业、苦心钻研的最好回报。

“哥德巴赫猜想”为什么会在世界上具有如此的魅力？人们认识事物，可以从时间和空间两个维度加以考量，对研究“哥德巴赫猜想”的意义，人们也可以从这两个维度对其价值进行体认。

从时间层面来讲，“哥德巴赫猜想”是一道流传两百多年的未解谜题。1742年德国数学家哥德巴赫写信给客居圣彼得堡的瑞士数学家欧拉。哥德巴赫和欧拉确知猜想是正确的，但两人终其一生也都没能给出一般性的证明。两个世纪过去了，“哥德巴赫猜想”的进展并不如人所愿，“哥德巴赫猜想”也成为数论中存在最久的未解问题之一。随着时间流逝，证明“哥德巴赫猜想”的价值与日俱增。苏联数学家辛钦就曾将“哥德巴赫猜想”比喻成数学皇冠上的一颗明珠。

在空间上而言，这道题引发了来自不同地域的数学研究者与爱好者的关注。不同国家和地区对一道“哥德巴赫猜想”数学题的探讨，其实也意味着不同文化中，数学计算方法的碰撞与融合。所以，在世界范围内对“哥德巴赫猜想”的探讨与尝试，具有重要的文化交流意义，也促进数学这一学科得到进步与发展。

“哥德巴赫猜想”——这道在数学发展史上研究进展缓慢的题目，这道令世界各地的科学家都竭力想要破解，但收获甚微的题目，它就如同一座上了锁的宝塔，人们远远地能望见宝塔的模样，却不能进入到内部一探究竟。多少年来，有无数想要进塔的人，为之付出了大量的时间与精力，却收效甚微，甚至颗粒无收，他们都没能获得解锁的那把钥匙。

20世纪六七十年代，终于有一个来自东方，来自中国的年轻声音打破了这样的寂静。陈景润对于前人所用的筛法做了重大的改进，并由此证明了（1，2），1966年，他将结果发表在《科学通报》上。1973年，陈景润在《中国科学》杂志上发表了完整的结果，题名为《大偶数表为一个素数及一个不超过两个素数的乘积之和》。（1，2）这一结果国际上誉为“陈氏定理”，离（1，1）只有一步之遥。陈景润的这一研究成果居于世界前列，展现了东方数学文明，得到了世界各地数学家广泛一致的认可。

1978年3月18日，陈景润作为中国知识分子优秀代表出席了全国科学大会，并且受到大会表扬。他退让着不肯接受这份本应属于他的荣誉，“我只不过做了微不足道的一点小事，却被推上了主席台，这怎么可以，这怎么可以”，一个科学家的谦逊美德在他的身上得到了最完美的体现。

由于陈景润在哥德巴赫猜想的研究中取得了举世瞩目的成就，他获得了国家自然科学奖一等奖。1979年，陈景润应普林斯顿高等研究院院长沃尔夫博士的盛情邀请，作为中美正式建交后第一批应邀赴美的科学家，来到世界一流的普林斯顿高等研究院工作，不仅标志着他个人的数学成就已经得到世界的承认，而且在中美邦交正常化的进程中具有重大意义。

或许，普罗大众并不知道“陈氏定理”的内涵，不知道（1，2）的具体内容和数学意义。但，陈景润在研究“哥德巴赫猜想”的期间，孕育出来的迎难而上、坚韧不拔、苦心钻研的精神，以及追求真理、敢于质疑、独立思辨的科学精神，具有榜样的作用与意义。

在“陈氏定理”的背后，是他无数个日日夜夜的坚持与付出，是他无人知晓的独坐板凳的冷清与寂寞，是他不畏艰险的迎难而上，是他不计回报的无私付出，是他不言放弃的点滴汗水，是他不求名利的研究初心。

这样的“陈景润精神”无疑会激励一代又一代青年学子，奋发向上，为实现自己心中的梦想，为破解人类事业上的难题，而不懈奋斗。

精神不息

1996 年 3 月 19 日，陈景润院士在医院度过了他生命的最后时光。

从 1933 至 1996 年，陈景润的人生旅程波折起伏，曾经辗转求学、失业奔波，后来遇到贵人相助，得以继续钻研数学并斩获佳绩。陈景润生前发表的论文《大偶数表为一个素数及一个不超过两个素数的乘积之和》是“哥德巴赫猜想”研究史上的里程碑。时至今日，它仍是“哥德巴赫猜想”研究史上的最新成果。数学，是陈景润穷极一生所追求的梦想，也是他人生中绕不开的话题。因此，陈景润的一生，可以说是为数学而生。

“知交四十载，睿智忠勤、是非分辨，果然真诚人、真爱国、为中华扬眉吐气；力克万千年，坚韧朴实、纪律严遵，信乎脱世态、脱凡庸、愿来人继志攀登。”数学家孙克定先生，为陈景润所写的挽联，可谓是陈景润一生的真实写照。

陈景润的逝世在给后人留下无尽念想的同时，也留下了无价的瑰宝——“陈景润精神”。“睿智忠勤、是非分辨、真诚待人、真心爱国、坚韧朴实、纪律严遵、超脱凡俗”这些品质，便是“陈景润精神”之所在。

时至今日，“陈景润精神”已逐渐成为一种文明符号，并且具有了代代相传的力量。诚然，陈景润的人生之路并非完美，无论如何演绎与说明，陈景润在生活中依然有着自己的缺陷和不足，他不注重个人生活习惯，平时也比较内敛不善言辞，在当老师的时候还有过一段失败的经历……这些不足与缺陷，并不构成对“陈景润精神”的解构，反倒增添了陈景润这一人物的真实性。毕竟人无完人，而面对弱点与缺陷，人们应当做的，不是美化与逃避，而是尽力去修补与纠正。纵观陈景润的一生，虽然有不顺利，但其总体具有向上生长的趋势，即使在自己的弱项上，他也在不断进步，譬如从一名有过失败教学经历的老师，到后面能受邀到国外完成讲学的学者……曾经不完美的经历，对于陈景润而言，也成了他成长动力的一部分。这样的成长经历对人们而言，也有着鼓励的意义。正是因为“陈景润精神”的独特而深远的影响，以及陈景润成长经历带给人们的激励，官方与民间对陈景润总是满怀纪念。

陈景润逝世至今已有25个年头了。这些年里，陈景润的形象一直活在人们的心里，未曾被忘却过。那么，“陈景润精神”究竟有着怎样超越时空的魅力，让人们多年来都难以忘却呢?

这个问题，或许可以从两个方面来回答。

其一，结合时代而言，“陈景润精神”具有特殊性与典型性。陈景润的一生是波澜起伏的一生，他靠着自己的努力，克服重重困难，最终步入了科学的殿堂，抵达了梦想的彼岸。陈景润的出身平凡，具有典范化与大众化的特点，与普罗大众并没有太大区别，但他最终靠自己力量达到人生的高度，却令很多人高山仰止、景行行止。这样的经历，无疑使陈景润的形象产生了巨大的张力，让人印象深刻，也让很多在社会上奋斗打拼但还籍籍无名的人们，看到了希望。

一个在特殊时代的科学家的成名故事，而今已经很难再次上演。作为一名科研工作者，陈景润能在一般群众中具有如此高的知名度，作家徐迟功不可没。1978年，由作家徐迟主笔的长篇报告文学《哥德巴赫猜想》在《人民文学》1月号上发表后，便被多家媒体转载，其中《人民日报》和《光明日报》还特意用了三大版的篇幅，只为将此文章全文呈现。在铺天盖地的新闻报道之下，一夜之间，陈景润刻苦钻研攻克难题的事迹传遍了祖国的大江南北，陈景润也成了家喻户晓、妇孺皆知的传奇人物。报道刊登一个月后，1978年3月18日，全国科学大会在北京隆重召开，在会场休息的时候，很多人争相上前，邀请陈景润与他们合影留念。

曾任中国现代文学馆副馆长的周明说过：“陈景润是中华人民共和国成立后，第一个被当作主角和英雄描写的知识分子。”然而，陈景润的意义，不仅仅止于被当作学术界的英雄和主角，他也与电影中的明星有着很大的差别。对于那个时代而言，陈景润是一种精神偶像，他励志求学、勇攀数学高峰、攻克世界难题的精神，影响着甚至改变着一代青年的人生选择方向。一时间，国内刮起了“陈景润旋风”，“科学家”这一职业，也仿佛一夜之间成了既时髦又令人尊敬的职业选择。

如果把人类的文明成果比喻成巨人，那么知识分子就是站在巨人的肩膀上，对人类文明成果进行守护与创新的群体。正如社会学者周孝正所倡导的：“人们应当尊重知识，尊重人才，尊重劳动，尊重创造。”陈景润的出现，不仅迎合了当时国家所提号召“向科学进军”的需要，顺应了时代发展的方向，同时，也成了鼓舞全国人民竞相投入改革开放大潮，为国家的建设添砖加瓦的重要的催化剂。陈景润的形象，也因此具有了难以复制的时代特殊性。

因此，形象的特殊性、不可复制性，以及典型性，再加上适当的宣传与传播，便是陈景润形象以及“陈景润精神”广为人知的重要原因。

其二，“陈景润精神”具有多元性。

“陈景润精神”是对陈景润一生经历的浓缩与提炼，它源于陈景润的实际生活，又超越了实际生活，具有多元性与丰富性。一篇由中国科学院数学研究所主笔的悼念陈景润的文章，曾对陈景润做出如下评价：“在日常生活中，他也是朴素正直、谨慎谦虚、受人尊敬的人。”这样的精神与价值观，能方方面面地辐射到多个群体，不仅包括学生、科研人员，也包括千千万万各行各业的工作者。

就青少年学生而言，“陈景润精神”中的好学精神，就是能为他们学习与效仿之处。在早期，陈景润的求学之旅也几经辗转：小学先后就读于福州三一小学（现为福州外国语学校）、三民镇中心小学（现为陈景润实验小学）；初中先后就读于三元县立初级中学（现为福建省三明第一中学）、福州三一中学（现为福州外国语学校）；高中就读于英华中学（现为福建师范大学附属中学）；大学就读于厦门大学。在不同的学习阶段，陈景润体验过不同的学习环境，有干净整洁的教室，也有山野小村的小庙和祠堂……但不管学习地点如何变换，置身于什么样的环境，陈景润的求学经历都有着一个共同的特点，那就是：学习始终是陈景润的第一要务。陈景润曾经说过：“时间是个常数，花掉一天等于浪费 24 小时。”青少年时期，陈景润就深知时间的重要性，他会对自己的时间进行妥善的规划与利用。此外，他还有很好的思考能力与求知意识，遇到自己不懂的问题，他会找老师与同学沟通交流，在一次次的虚心求教中，他也不断取得进步。对学生而言，“陈景润精神”中的好学上进、勤学苦练、不懂就问，值得广大青少年学生学习。

对科研工作者而言，陈景润在科研道路上的经历是很好的范例。如果说，陈景润在学术上面壁功深，并不具备较高的模仿性与参照性，那么，人们不妨关注陈景润在科研道路上所具备的敬业精神。

1955年，在王亚南校长及老师们的帮助下，陈景润有幸重回厦大。在厦大数学系担任助教期间，陈景润将研究视为生活中的重要内容，为了研究好华罗庚先生的《堆垒素数论》，“勤业斋”宿舍楼里陈景润的那间小屋，总是灯火不熄。功夫不负有心人，陈景润凭其论文《塔利问题》在学术界崭露头角，获得数学大师华罗庚先生的青睐与认可，得到了华罗庚先生的举荐，进入中国科学院数学研究所工作。在中科院数学研究所的日子里，陈景润非但没有松懈，还更深切地体会到了身为一名科研工作者所应当承担的重任。陈景润付出了远超常人的努力，终于收获了享誉世界的成果——对“哥德巴赫猜想”有了居于世界前列的突破。即使到了上世纪七八十年代，因为徐迟的《哥德巴赫猜想》，陈景润已经在全国范围内都有了很高的知名度，也当选了全国人大代表，但研究依旧是陈景润生活中的头等大事。即使后来患病在床，陈景润也不忘自己作为一名科研人员的身份，仍然记挂着自己尚未完成的研究。在陈景润的一生中，他先后在国内外报刊上发表有70余篇科学论文，并撰有《数学趣谈》《组合数学》等著作。

虽然，并非人人都能像陈景润一般从事科研事业，但陈景润对从事的行业保持的专注之心、勤恳之态，是值得所有人学习的，也是值得大力弘扬的优良品质。

“闻道有先后，术业有专攻。”每个行业都有着区别于其他行业的特殊之处。从业者都可以在其中大放异彩。“陈景润精神”所包含的敬业精神，即干一行爱一行，不仅值得科研工作者学习，也值得各行各业工作者效仿。如德国思想家恩格斯所言：“谁肯认真地工作，谁就能做出许多成绩，就能超群出众。”敬业，才能向善向好。每一位工作者，在兢兢业业工作的时候，也是在尽自己的绵薄之力，为社会的进步添砖加瓦。众沙之力，终能凝聚成塔，勤恳认真的精神也会在潜移默化之中形成人们的精神支撑。

作为上个世纪的杰出科学家，陈景润身上有着独特的时代意义，虽然他的成功不能被复制，但每个人都有被“陈景润精神”影响的可能，并且，这种影响具有潜移默化、深远持久的特点。

我们有理由相信，在“陈景润精神”的不断激励之下，在不久的未来，一定会有千千万万如陈景润一般的明日之星，冉冉升起于神州大地，为建设美好中国贡献自己的力量。

参考资料

[1] 王丽丽、李小凝著：《陈景润传》，北京：新华出版社，1998年1月第1版。

[2] 蔡凌燕、何健编著：《华罗庚　陈景润》，西安：未来出版社，1998年5月第1版。

[3] 林玉树、周文斌著：《陈景润》，成都：四川少年儿童出版社，1990年12月第1版。

[4] 徐迟：《哥德巴赫猜想》，广州：人民文学出版社，1978年3月第1版。

[5] 旭翔选编：《走近陈景润》，厦门：厦门大学出版社，1997年3月第1版。

[6] 沈世豪著：《陈景润》，厦门：厦门大学出版社，1997年11月第1版。

[7] 沈世豪著：《100位新中国成立以来感动中国人物——陈景润》，长春：吉林文史出版社，2012年8月第1版。

[8] 庞立生编著：《中华魂：摘取数学皇冠上的明珠——著名数学家陈景润》，长春：吉林人民出版社，2011年4月第1版。

[9] 李琼编写：《永恒的丰碑·青少年应该铭记的共和国故事·敢于攀登——陈景润与哥德巴赫猜想》，长春：吉林出版集团有限责任公司，2011年3月第1版。

[10] 宋凌、陈忠坤著：《少年陈景润》，北京：北京联合出版公司，

2019 年 7 月第 1 版。

［11］树人、姜葳编著：《陈景润传》，长春：时代文艺出版社，2013 年 3 月第 1 版。

［12］宋力著：《铸梦：追忆舅舅陈景润》，厦门：厦门大学出版社，2013 年 5 月第 1 版。

［13］中共福州市委宣传部、福州市委文明办、福州市关心下一代工作委员会、福州市档案馆编：《福州故事百讲：改革开放篇》（内部资料），2015 年 12 月。

［14］陈景润、邵品琮编著：世界数学名题欣赏丛书《哥德巴赫猜想》，沈阳：辽宁教育出版社，1987 年 12 月第 1 版。

［15］中国人民政治协商会议三明市三元区委员会、文史资料委员会编：《三元记忆：三元文史资料》第 24 辑。

［16］宋力主编：《纪念著名数学家陈景润诞辰八十五周年书画作品集》（内部资料）。

［17］陈钿官、齐昱：《寻找陈景润》，福州：《艺风》杂志社，2019 年第 2 期。

后 记

陈景润是一位享誉世界的著名数学家。他克服常人难以想象的困难，潜心数学研究几十年，最终斩获佳绩。陈景润生前发表的论文《大偶数表为一个素数及一个不超过两个素数的乘积之和》（简称“1＋2”）是“哥德巴赫猜想”研究史上的里程碑，迄今仍是这一领域的最好成果。他的成功，为祖国赢得了荣誉。

科学技术是第一生产力。当今国与国之间的竞争，归根结底是科技竞争。为了弘扬陈景润“热爱祖国、热爱科学、刻苦钻研、勇攀世界科学高峰”的精神，激励人们特别是青少年热爱科学、追求真理、矢志报国，我们于2019年6月在《艺风》杂志刊发《寻找陈景润》专刊之后，进一步搜集大量一手资料，整理、编撰以陈景润生平为基本内容的纪实性小说《为数学而生：陈景润》。

在本书的编撰出版过程中，我们得到了许多方面的支持和帮助：闽江师范高等专科学校、福建省商盟公益基金会、福州教育研究院、《艺风》杂志社给予了多方面的支持；福州市图书馆、福州市档案馆、三明市档案馆提供宝贵的资料和图片；福建省商盟公益基金会理事长周小川先生、福建师范大学文学院博士生导师林志强教授、福建师范大学音乐学院党委副书记李彬源先生，他们在百忙中对初稿进行修改，并给予了许多指导和帮助；深圳大学人文学院研究生王文芳女士和福建师范大学文学院研究生郑瑶依女士，她们为本书的编写付出了大量的心血，做出了重要贡献；厦门大学原党委书记吴宣恭先生，福州市文体局调研员陈思源先生，福建师范大学附属中学原书记林寿烨先生、校长温青先生、主任林金昌老师、廖如江老师，三明市陈景润实验小学校长潘玲女士、原校长邓衍森先生、校友邓友华先生，原《艺风》杂志社主编齐昱先生，以及陈景润妹妹陈景馨女士，他们有的接受我们采访，提供有关陈景润生平的第一手鲜活资料，有的给予了宝贵的建议和帮助；福建教育出版社的编辑和其他参与审校的老师对书稿进行了润色，在此，我们一并表示感谢。在编写过程中，我们还参阅了许多书籍和资料，这些书籍和资料均在参考文献中列出，在此，对相关作者也表示衷心的感谢。

由于编者水平有限，书中难免有疏漏或不妥之处，敬请广大读者批评指正。

陈钿官　曾国宁

2021 年 12 月